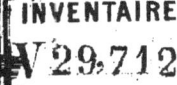

I0639162

# AÉRATEUR.

## PIÈCES RELATIVES

# AUX EXPÉRIENCES

FAITES A LA

### MANUTENTION MILITAIRE DE METZ.

## PARIS.

### IMPRIMERIE DE COSSON,

RUE DU FOUR-SAINT-GERMAIN, 43.

1851.

# AÉRATEUR.

7

# AÉRATEUR.

## PIÈCES RELATIVES

## AUX EXPÉRIENCES

FAITES A LA

## MANUTENTION MILITAIRE DE METZ.

PARIS.

IMPRIMERIE DE COSSON,

RUE DU FOUR-SAINT-GERMAIN, 43.

—

1851.

A Monsieur le PRÉSIDENT DE LA RÉPUBLIQUE.

MONSIEUR,

Neveu de NAPOLÉON, élu du plus grand peuple de l'Europe, chef du pouvoir exécutif en France, vous ne pouviez manquer de vouloir ce qui devait contribuer au bien-être de l'armée. Aussi à peine eûtes-vous connaissance qu'il existait un système pouvant apporter quelqu'amélioration dans la mouture et la panification, que vous transmîtes des ordres à M. le Ministre de la guerre, pour que des essais et des expériences fussent tentés immédiatement.

Par sa missive en date du 11 août dernier, M. le Ministre désignait la manutention de Metz, comme propre à ces opérations, et me marquait que si mon intention était d'y faire expérimenter mon invention, il transmettrait les instructions, nécessaires à **M.** l'Intendant militaire de cette ville.

Ces expériences viennent d'avoir lieu ; mais elles ont été entourées de tant de circonstances fâcheuses, que, *malgré tous les avantages que j'ai obtenus*, j'ai cru devoir en transmettre moi-même tous les détails à **M.** le Ministre de la guerre.

Et, comme c'est vous, Monsieur le Président, qui, dans cette circonstance, comme dans toutes celles qui intéressent le bien-être de la population, avez daigné prendre l'initiative, j'ai pensé qu'il était de mon devoir de vous communiquer les faits, et je prends la liberté de vous adresser copie de toutes les pièces qui concernent une opération, que j'appellerai malheureuse, parce que je crois devoir traiter comme telles, toutes celles où l'on sacrifie la loyauté et la justice, pour chercher à faire triompher l'ignorance et les vices des anciennes institutions.

Il me reste maintenant, Monsieur le Président, à vous demander une grâce, c'est de couronner votre œuvre, en ordonnant que de nouvelles expériences soient faites sous la surveillance immédiate d'une commission, qui aura pour mission spéciale d'en suivre toutes les opérations.

Satisfaire à mes désirs sera rendre un service éminent à l'humanité entière ; c'est assez dire que mes vœux seront exaucés.

J'ai l'honneur d'être, avec le plus profond respect,

MONSIEUR LE PRÉSIDENT,

Votre très obéissant serviteur,

HANON-VALCKE.

4, impasse Mazagran.

Paris, le 30 novembre 1851.

Paris, le 28 novembre 1851.

*A Monsieur le Ministre de la guerre,*

MONSIEUR,

Par missive en date du 11 août dernier, n° 910, bureau des subsistances, 1re section administrative, vous avez daigné m'autoriser à placer l'Aérateur sur les meules du moulin de l'État, à Metz et d'y faire les expériences de mon système, afin de voir si les résultats avantageux que j'annonçais se réaliseraient, et s'il était vrai que mon invention fût à même d'apporter quelques économies, et d'assurer au soldat un pain meilleur, une nourriture plus saine et plus nutritive.

Certain maintenant d'arriver au but après lequel j'aspirais depuis si longtemps, je ne tardai pas à prendre toutes les mesures pour pouvoir procéder au plutôt aux expériences, et le

22 septembre j'étais à Metz et m'abouchais avec M. le Sous-Intendant militaire, auquel vous aviez eu la bonté de transmettre des instructions.

Il fut convenu avec ce fonctionnaire que je m'occuperais immédiatement de l'application de mon Aérateur sur un jeu de deux paires de meules.

Avant de commencer les travaux je visitai l'usine. Je regrette de devoir le dire, les meules et leurs accessoires étaient dans un état pitoyable. Comme il avait été arrêté que les meules revêtues de mon appareil travailleraient en concurrence avec l'autre jeu existant dans l'établissement, je pensai qu'il eût été déloyal et que j'eusse dû être honteux d'obtenir une victoire par trop facile et si peu glorieuse; pour ces motifs j'engageai MM. le Sous-Intendant et le Chef-Comptable à faire subir aux meules qui travailleraient d'après l'ancien système, le traitement qu'exige rigoureusement l'obtention d'une bonne mouture. Ces messieurs me donnèrent l'ordre de faire rayonner par mes ouvriers ces meules comme celles sur lesquelles je faisais l'application, et le Chef-Meunier et son rhabilleur se mirent à l'œuvre pour leur donner l'entrée que je pratiquais à celles destinées à être surmontées de l'Aérateur.

Le 12 octobre les travaux étaient achevés, et nous étions en mesure de commencer les expériences.

Comme je tenais beaucoup à l'exactitude de ces opérations, dans l'espoir d'arriver à des résultats positifs, et désirant du reste éviter toute contestation à cet égard, je priai M. Gley, Officier-Comptable, de m'autoriser à assister dans les magasins au choix et au pesage des blés, et l'engageai à faire cacheter les sacs destinés aux expériences. Ma demande écrite demeura sans réponse.

La veille du jour fixé pour commencer nos opérations, je vis avec surprise arriver les blés dans l'usine. Je marquai mon étonnement à M. l'Agent-Comptable, délégué par M. le Sous-Intendant pour suivre et surveiller les travaux, et lui donnai à entendre qu'il était inutile de nous mettre en besogne avant une vérification préalable. Il me fut répondu que tous les sacs étaient réglés à 101 kilos ; mais que dans tous les cas la vérification s'en ferait au moulin.

Le lendemain 13 octobre au matin, **M.** le Sous-Intendant et son délégué s'étant rendus sur les lieux, on commença le pesage des sacs. Cette opération terminée, l'on mit un hectolitre de ces blés sur la bascule, et il fut constaté que son poids naturel, toile comprise, était de *soixante-onze kilos huit hectos*, soit poids net SOIXANTE-DIX KILOS QUATRE HECTOS.

Ce fut alors pour la première fois que je pus juger de la qualité des blés avec lesquels on entendait opérer. Leur légèreté ne m'étonna nullement, j'avais sous les yeux du grain rongé par les vers, les mites, les charançons, et je sentis l'indiscrétion de ma demande de visiter les magasins et les motifs qui l'avaient laissée sans réponse.

Le poids brut de SOIXANTE-ONZE KILOS HUIT HECTOS par hectolitre, parut sans doute à **MM.** les Officiers présents ne pouvoir être mentionné convenablement dans leur rapport, car après s'être concertés, ils décidèrent que l'on ne procéderait à la constatation du poids qu'après le nettoyage des deux cents premiers sacs, et que le résultat servirait de base pour établir le poids des autres marchandises.

Après l'opération du nettoyage, l'on me dit que le blé pesait net **73** kilos 8 l'hectolitre.

Jusque-là les opérations étaient pour moi assez insignifiantes ; ce qu'il m'importait de faire, était de m'assurer que les expériences auraient lieu avec des blés de même nature, poids et qualité. Aussi au fur et à mesure que les sacs déchargés sous le porche étaient montés à l'étage supérieur, destiné à leur réception, j'avais soin d'en faire déposer alternativement un à gauche, pour la mouture à faire avec l'Aérateur, et désigné par la lettre *A*, et un à droite, pour servir à l'expérience à faire par le système ordinaire, et désigné sous la lettre *O*.

La mise en train de la mouture expérimentale eut lieu dans

le même moment, le 15 octobre, à 10 heures 35 minutes du matin. Six jours 13 heures et 25 minutes après, la mouture *A* était terminée, ayant fait à l'heure 125 1/2 kilos par paire de meules ; 8 heures plus tard seulement la mouture *O* finissait son travail, n'ayant donné que 119 1/2 kilos à l'heure, par paire de meules.

Il venait donc d'être démontré que l'application de l'Aérateur donnait de la célérité au travail. Ce premier point était décidé par le fait en sa faveur.

D'où vient cette augmentation de célérité dans le travail ? De ce que l'introduction d'air frais entre les meules au moyen de l'Aérateur, empêche l'huile essentielle, les corps gras du blé de se dissoudre et de graisser la feuillure ; de ce qu'elle conserve les rayons purs ; de ce qu'elle facilite le broiement et l'achèvement du travail.

Ce premier point établi, il reste à examiner les autres.

La mise en mouture pour les meules sans appareil avait
été *net* de . . . . kilos 39,770. 725
On obtint en mouture *net*, » 39,152. »

Ainsi le déchet du travail
fut de . . . . . kilos   638. 025 ci 638. 025

La mise avec l'Aérateur fut
de. . . . . . . kilos 39,764. 225
On obtint en mouture *net*, » 39,567. 500

Donc déchet des meules, kilos   196. 725 ci 196. 725

Ainsi au moyen de l'appareil l'on obtint une diminution dans le déchet de . . . . kilos   441. 300

D'où naît cette grande différence? De l'état continuel de fraîcheur dans lequel l'Aérateur maintient la mouture ; tandis que le système employé jusqu'à ce jour n'empêche pas l'échauffement des parois de la meule de se communiquer aux blés soumis au broiement, échauffement qui donne lieu à une grande évaporation et déperdition, échauffement qui occasionne une forte condensation au moment de la sortie de la mouture d'entre les meules. Cette condensation fait que de la farine, en assez grande quantité souvent, s'attache aux parois des conduits et y forme une couche de pâte, qui aigrit aussitôt.

Ce dernier fait fut démontré mieux que jamais au moment des expériences dont s'agit. Les anches et archures avaient été parfaitement nettoyées avant la mise en train. Au bout de quatre jours seize heures de marche, on les vida et on retira de celles des meules marchant sans appareil, *dix kil. trois cents gramm.* de cette pâte gâtée, tandis que les anches et conduits des meules marchant montées de l'Aérateur n'en produisirent qu'*un kil. sept cent cinquante grammes.*

La mouture obtenue, mise au blutage, donna aussi des résultats différents. La mouture faite avec l'Aérateur procura un excédant de :

Kilos 90. 250 farine affleurée,
»    7.   » fleurage n° **1**,
»    3.   »  *id.*   n° 2,
» 291. » sons.

Ainsi toute l'opération avait été favorable à mon système.

On demandera peut-être d'où provient l'augmentation de produits farineux? La réponse est facile. Par suite de la fraîcheur, les sons s'évident mieux, et *ce qu'il importe de bien constater*, cette partie farineuse, qui tient à la pellicule, et qui est sans contredit la quintessence du blé, est justement celle qui vient accroître les produits.

Restait, pour compléter l'expérience, de procéder à la panification.

Ici la victoire de l'Aérateur fut encore plus éclatante. Onze panifications eurent lieu à des époques différentes et par des ouvriers changés à chaque fournée; et le compte-rendu par le

Maître-Boulanger porte que *les farines obtenues au moyen de l'Aérateur l'emportent, sous tous les rapports, sur les autres : travail plus facile, fabrication plus fine, pain plus léger, plus savoureux, plus développé, plus spongieux, parce que dans son emploi cette farine a plus de corps.* Telles sont les expressions dont se sert cet homme expert dans son art, et il termine son rapport en ajoutant que *ces farines seront d'une conservation bien plus facile et ne nécessiteront pas autant de manœuvres de conservation.*

Les avantages relatés dans le compte-rendu dont s'agit, ne doivent nullement surprendre et sont tous la conséquence du peu d'élévation de température. Plus une farine est sèche, plus elle est spongieuse, plus elle boit, plus sa manipulation devient facile, plus le pain est léger.

Quant à la saveur, la chaleur produite par le frottement des meules et la rapidité de la rotation se trouvant étouffée par l'effet de l'Aérateur, et ne pouvant parvenir à dissoudre les huiles essentielles du blé, tout l'arôme reste comprimé dans la mouture, la saveur doit nécessairement être parfaite, n'ayant éprouvé aucune altération.

Quant à la conservation, la farine provenant du travail par mon système, sortant fraîche d'entre les meules, et n'étant par conséquent pas soumise à la funeste influence de la condensation, ne doit pas, comme celle fabriquée d'après l'ancien système, craindre l'échauffement, ni la fermentation, et n'exige, par suite pas d'être pelletée, retournée fréquemment; les soins à lui donner sont bien moindres, les frais de son entretien diminuent sensiblement.

Le compte-rendu du **Maître-Boulanger** ne parle pas des propriétés nutritives des deux farines. Ce point est trop important pour le passer sous silence.

J'ai dit, et je puis le soutenir avec raison, que les farines provenant de mon système sont plus nutritives que les autres. Pourquoi? Parce qu'elles contiennent toutes les parties qui touchent à la pellicule, que ces parties sont les plus farineuses, et que plus les parties sont farineuses, plus elles contiennent de matière nutritive.

C'est ici le moment de relever l'erreur dans laquelle versent bien des personnes, qui croient que plus la farine contient de *gluten*, plus elle est nutritive. Le gluten ne nourrit pas, il sort des corps tel qu'il y est entré; mais il prédispose uniquement l'estomac à la digestion et l'aide dans cette opération, après avoir servi de ferment à la farine au moment de la panification.

Cette observation était nécessaire, parce que les parties farineuses auxquelles l'on vient d'attribuer des propriétés si nutritives, ne contiennent que fort peu de gluten, et que l'on pourrait croire ainsi, que les qualités que je leur attribue, ne sont qu'imaginaires.

Comme vous venez de le voir, MONSIEUR LE MINISTRE, l'expérience du 15 octobre a été entièrement en faveur de mon système. J'ai obtenu des avantages considérables, et cependant je suis loin d'être satisfait.

Comme je n'aime et n'aimerai jamais que le vrai, je viens vous déclarer que quelques-uns de ces résultats sont fautifs, erronés. Je le prouve.

Il n'est pas possible que la mouture faite par le système ordinaire, ayant donné moins de farine affleurée que l'autre, donne aussi moins de son. La quantité et la qualité des blés étant la même, et les sons de la mouture 0 étant moins bien évidés que ceux du système Aérateur, il devait nécessairement y en avoir davantage, d'autant plus que le résultat de la mouture était inférieur et que le son est une matière qui ne s'évapore pas au moment de l'action des meules. Je suis certain que j'ai obtenu au blutage 33,333 kil. 250 gramm. de farine affleurée, et 5,592 kil. de son; car moi-même j'ai assisté à mes opérations et en ai fait la vérification; mais je suis certain aussi, que mes adversaires, dont je n'ai pu contrôler les opérations, n'ont pas obtenu 33,243 kil. de farine affleurée et qu'ils auraient dû trouver plus de 5,301 kil. de son, s'il ne s'était pas passé des faits, dont je ne chercherai pas à pénétrer le mystère.

Toujours est—il, que l'observation que je fis concernant ces résultats, trouva de l'écho, et qu'il fut arrêté que de nouvelles expériences auraient lieu.

Nous verrons plus tard comment ces expériences furent faites, quels en furent les produits, quel degré de confiance elles doivent inspirer.

Mais avant que de passer à ces secondes expériences, vous me permettrez, Monsieur le Ministre, de faire, dans l'intérêt du service et du trésor, quelques observations générales, dont vous, mieux que personne, saurez apprécier l'importance.

Je ne me permettrai pas de vous entretenir de cette partie de l'Ordonnance qui défend de recevoir des blés d'un poids inférieur à 73 kil. au moins, l'hectolitre, et qui ne m'a pas empêché d'avoir pour les expériences des blés ne pesant, poids naturel, sans toile, que 70 1/2 kil. l'hectolitre et donnant un déchet énorme de plus de 3 1/2 pour 100 au nétoyage, car cette perte considérable peut être le résultat, soit de la mauvaise qualité des blés, soit du peu de soin que l'on a mis à leur entretien et qui a permis aux mites, aux vers et aux charançons, d'en faire leur proie ; mais ce que je ne puis passer sous silence, ce qu'il m'importe de vous faire connaître, c'est la défectuosité de cette autre partie de l'Ordonnance, qui veut que l'on obtienne 84 1/2 p. 100 *en farines affleurées*. Cette partie de l'Ordonnance est vicieuse, parce que loin de servir de contrôle, loin de forcer à l'économie, elle donne souvent des résultats fautifs et peut servir à couvrir des dilapidations.

Pour éviter des explications fastidieuses et que vos moments précieux ne permettraient peut-être pas d'approfondir, je me bornerai à vous citer un exemple, et cet exemple, je le prendrai dans un fait incontestable, dans la mouture expérimentale, dont je viens d'avoir l'honneur de vous entretenir.

De part et d'autre nous avions mis en mouture une *égale*

*quantité de blé, de même poids, de même qualité, de même nature.* Les meules, sans appareil, obtiennent net 39,132 kil. 700 gram. de mouture, qui donnent au bluttage 33,243 kil. de farines affleurées.

39,132 kil. 700 gram. de mouture devaient, à raison de 84 1/2 p. 100 que prescrit l'Ordonnance, produire, au moins,

kil. 33,067. 131 1/2; or, comme l'on a obtenu,

kil. 33,243.      »      il en résulte que l'on a retiré,

kil.     175. 868 1/2 de plus que l'Ordonnance ne délimite pour *minimùm.*

De leur côté, les meules, revêtues de l'Aérateur, obtiennent net, 39,567 kil. 500 gram. de mouture, qui donnent au bluttage, kil. : 33,333. 250 de farines affleurées.

·39,567 kil. 500 gram. de mouture devaient, à raison de 84 1/2 p. 100 donner, kil. : 33,434. 537 1/2. Or, je n'ai obtenu que 33,333. 250, par conséquent je présente un déficit de kil. :    101. 287 1/2.

Je suis donc en défaut, j'ai contrevenu à l'Ordonnance, et cependant avec la même quantité de blé, ayant la même qualité, le même poids, j'ai obtenu, kil. : 435. 500 de plus de mouture, et, kil. : 90, 250 plus de farines affleurées ; j'ai procuré au Gouvernement la possibilité de donner du pain, sans bourse délier, à cent vingt braves pendant un jour, et pour ce fait je deviens repréhensible. C'est absurde.

D'où vient le vice? De ce que l'Ordonnance n'a pas pris en considération la quantité du déchet des meules. Plus ce déchet sera grand, moins l'on obtiendra de mouture; et comme l'Ordonnance prend pour établir les 84 1/2 p. 100 le poids de la mouture obtenue, sans avoir égard à la quantité de blés employés, il en résulte que celui qui a le talent de faire faire à ses meules un déchet considérable, pourra toujours facilement satisfaire à l'Ordonnance, tout en frustrant le trésor.

Pour arriver à un résultat plus équitable, plus certain, et pouvant donner à l'État la possibilité de ne plus être victime du vendeur, de l'acheteur et de la manipulation, il y aurait un moyen bien simple, ce serait d'établir le pour cent d'extraction sur le poids net de la quantité de blé mise en mouture. Il ne s'agirait alors que de déterminer le *quantum* du pour cent, eu égard à la qualité des blés, dont on entend permettre la réception et à la qualité des farines que l'on entend obtenir.

Ainsi, par exemple, si l'Ordonnance portait que l'on sera tenu de produire un *minimum* de 83 1/2 p. 100 du poids net des blés mis en mouture, il résulterait pour l'expérience faite par nous à **Metz**, que les meules non revêtues d'appareil, ayant reçu une mise en mouture net de, kil. : 39,770. 725 eussent, à raison de **83 1/2** p. 100, dû produire, kil. : 33,208. 555 de farines affleurées, et comme elles en ont donné 33,243 kil., elles eussent dépassé l'Ordonnance de, kil. : 34.445.

Par contre, les meules revêtues de l'Aérateur ayant mis en mouture net, kil. : 39,764. 225 eussent dû rendre, à raison de 83 1/2 p. 100, kil. : 33,203. 127 de farines affleurées ; et comme leur produit a été de, kil. : 33,333. 250, elles eussent rendu, kil. : 130. 123 de plus que le prescrit par l'Ordonnance, et leur conducteur n'eût pas été exposé aux réprimandes injustes de l'Administration.

Avant que d'abandonner la première expérience, je me permettrai une observation sur un autre fait, qui s'est produit au moment de notre travail, et qu'il importe d'éclaircir. Il s'agit du refus par une partie de la garnison de recevoir du pain fait avec des farines provenant de la mouture expérimentale 0.

J'aurais un reproche à me faire, si je devais laisser planer sur la fabrication des farines le refus sus-mentionné. C'est à la mauvaise qualité des blés qu'il faut s'en prendre uniquement.

J'avais rafraîchi le rayonnage des meules, elles avaient été nouvellement blanchies et rhabillées, et la célérité de rotation n'avait pu occasionner aucun préjudice à la mouture ; en un mot, le moulin était dans des conditions d'améliorations telles que le **Maître-Boulanger** ne pouvait assez en faire l'éloge, et le travail avait été exécuté d'une manière irréprochable ; mais que peuvent produire de bon des blés, dont le poids de l'hecto-litre net ne porte que *soixante-dix kilos quatre hectos?* Quel résultat peuvent donner les marchandises rongées par les vers, les mites, les charançons ?

Il est vrai, qu'avant cette époque, chaque paire de meules ne faisait guère plus de 75 kilos à l'heure, et que lors de notre première expérience on les a poussées de manière à en faire 119 1/2 : mais cette célérité n'avait pu nuire à la bou-lange, parce qu'étant fraîchement rayonnées et rhabillées, les meules avaient acquis une ardeur qui pouvait pendant sept à huit jours leur permettre de faire un effort, sans apporter aucun préjudice à la mouture. Une fois affilées, il n'en sera plus de même, et ces meules sans Aérateur, quoiqu'en parfait état de moulage, ne pourront dépasser les 100 kilos à l'heure sans nuire à la qualité des farines et sans occasionner une très forte déperdition.

J'aborde maintenant la seconde expérience, mais je ne vous cacherai pas, MONSIEUR LE MINISTRE, que je le fais avec la plus grande répugnance, parce que je serai forcé de démon-trer que mes adversaires n'y ont pas mis toute la loyauté que j'avais lieu d'en attendre,

N'ayant pas été satisfait de la manière dont s'était opérée la première expérience, l'on conçoit que je tentai d'entourer la seconde de toutes les garanties possibles. J'avais espéré ren-contrer le même désir chez M. le Sous-Intendant, je me trom-pai.

Il est de principe que, pour qu'une expérience comparative soit positive, il faut autant que possible se servir du même ou-tillage, ou tout du moins que l'outillage soit dans les mêmes conditions. Mon but était d'arriver à ce résultat, lorsque je proposai de faire l'expérience avec les mêmes meules, sauf l'Aérateur, que j'eusse reposé au moment de commencer mon travail. Deux considérations me guidaient, l'ardeur des pierres, qui pouvait différer, et la force motrice qui n'était pas la même pour les deux jeux de meules.

Quoique j'offrisse à mes concurrents de les laisser profiter de l'état de parfait moulage dans lequel j'avais mis ces meules, on s'obstina à me refuser ce moyen équitable d'arriver à une solution à l'abri de toute critique.

Non content de ce refus, on s'empressa, malgré mes protestations, de reblanchir et retoucher les rayons, afin de leur donner une nouvelle ardeur, lorsqu'on savait que je m'étais borné à un simple rhabillage.

Mais, dira-t-on peut-être, pourquoi, en présence de ces faits, ne suiviez-vous pas leur exemple? Pour une raison fort simple, c'est que l'on avait décidé que les moutures ne se feraient pas simultanément, mais l'une après l'autre, que j'avais commencé le premier et que j'étais en train de moudre lorsqu'ils commencèrent à remanier leurs meules, travail qui dura aussi longtemps que mon opération.

Je ne cacherai pas, du reste, que quand même je me fusse trouvé dans d'autres conditions, je ne me serais jamais décidé à imiter mes adversaires, car je sais trop bien qu'une meule nouvellement blanchie ne fait qu'expédier davantage; mais lorsqu'on tient à faire de la farine passablement blanche, il faut que la pierre soit affleurée.

Lorsque je me suis plaint de ce fait, ce n'était donc que pour protester contre la célérité de l'expédition, que l'on m'objecterait peut-être, mais nullement pour un autre motif.

Il faut tout dire cependant, l'on me fit une concession, celle de vider l'usine et d'en distraire toute marchandise étrangère à l'opération.

C'était à moi à commencer. Les blés qui m'étaient destinés arrivèrent. Il y avait 400 sacs. Je les fis monter, ayant soin d'en distraire le dixième sac, afin de servir à établir le poids brut de chacun d'eux. Les 40 sacs distraits furent pesés et donnèrent brut le poids de 101 kilos, auquel ils avaient été réglés. En faisant monter ces derniers sacs, j'eus soin d'en dis-

traire de nouveau le dixième , afin de les faire servir à constater
le poids naturel du blé par hectolitre ; mais à peine en avait-on
pesé un hectolitre, que l'Agent-Comptable présent à cette opération, voyant que ce blé était encore inférieur en qualité à
celui livré lors de la première expérience , et ne pesait , *toile
comprise* , que SOIXANTE-DIX KILOS l'hectolitre , soit NET
SOIXANTE-HUIT KILOS NEUF HECTOS , qu'il fit' stater le pesage, et déclara qu'il en serait fait , comme la première fois, et
procédé à la vérification après le nettoyage. J'observai cette
fois-ci que la constatation du poids naturel était nécessaire
pour établir la qualité des blés , mais M. Gley me soutint le
contraire , mes observations furent en pure perte, et l'on
passa outre.

Le 25 octobre nos blés étaient nettoyés. Les quarante mille
kilos étaient réduits à kil. 39,675.825. Je mis en train le 26
octobre à 7 heur. 15 min. du matin, et le 31 octobre à 6 heur.
20 min. du soir, après un travail de 5 jours 6 heur. 39 min.
eu égard au temps d'arrêt, ma mouture était terminée. Son
pesage en boulange brut constata kil. 39,481, net 38,974.413
qui mis au bluttage , donnèrent , savoir :

| | |
|---|---:|
| Farines affleurées net kil. . . . . . | 33,574.090 |
| Fleurage n° 1. . . . . . . . . . . . | 281.100 |
|    »    n° 2.. . . . . . . . . . | 167.140 |
| Sons. . . . . . . . . . . . . . | 4,812.575 |
| Déchet au bluttage. . . . . . . | 139.508 |
| Total égal au produit net. . . . | 38,974.413 |

Ce résultat , dont la véracité et l'exactitude ne pourraient
être mises en doute, qui du reste correspond, avec les chiffres
mêmes de mes adversaires , était bien plus beau , bien plus
avantageux que celui trouvé lors de la première expérience ,
puisque dans cette dernière opération j'ai obtenu kilos 444.777
de farines affleurées au-dessus de 83 1/2 p. 100 de la
mise en mouture, et que dans l'autre je n'en avais retiré que

kil. 130. 123, avec une mise en mouture supérieure même
de kil. 84. 400 à la dernière.

Ce résultat vint corroborer pour moi l'opinion que je m'é-
tais formée et que j'avais émise, que les produits de ma première opération avaient été faussés et qu'ils ne présentaient
pas tous les avantages inhérents à mon système.

A peine la vérification de l'opération fut-elle terminée que
l'on évacua l'usine pour faire place à l'arrivée des blés nécessaires pour le travail à faire par mes concurrents.

Les avantages que j'avais obtenus étaient loin de les décou-
rager; car, ainsi qu'ils l'avaient dit à plusieurs reprises, ils
étaient certains de la victoire. Nous allons voir comment ils
s'y prirent pour arriver à leur but.

Le 2 novembre l'on transporta les 200 premiers sacs de blé.
Cent furent montés au nettoyage après que j'en eus fait mettre
à part un sur dix, comme j'avais opéré pour moi-même.

Le 3 novembre l'on mit en train à 7 heures 15 minutes
du soir.

Le lendemain je montai à l'étage supérieur du moulin, et
trouvant au premier coup d'œil que les blés que l'on employait
étaient d'une qualité supérieure à ceux que l'on m'avait donnés pour mon opération, je voulus m'en assurer et j'en fis
mettre un hectolitre sur la bascule ; il pesait brut kil. 71. 400,
ainsi UN KILO QUATRE HECTOS de plus que celui qui avait servi
à faire ma mouture. Je fis laisser ce blé sur la bascule afin de
donner connaissance de ce fait à M. Gley, Chef-Comptable,
auquel je le communiquai le lendemain à son arrivée. Ce fonctionnaire me soutint que le hasard seul avait donné ce résultat, que je pouvais être assuré que ces blés étaient en tout
conformes à ceux qui m'avaient été fournis, que tous sortaient
du même grenier, provenaient de la même couche, criblés,
peletés et repeletés ensemble, qu'ainsi il ne pouvait exister
entre eux aucune différence.

J'aime à croire que ces observations étaient faites de bonne loi, mais la suite a démontré qu'elles étaient loin d'être exactes.

Cependant le moulin tournait toujours, les cent premiers sacs avaient disparu sans en excepter les dix mis à part. Cent autres suivirent les premiers sans qu'on en laissât un seul pour procéder à une vérification, et ce ne fut qu'à l'arrivée des deux derniers cents sacs que l'on en prit dix *à la file l'un de l'autre* du troisième cent, et vingt *se suivant* du quatrième, pour procéder à *un simulacre* d'examen.

Je dis *simulacre*, car, si l'on avait eu l'intention de laisser vérifier le poids réglé conformément à ce qui s'était pratiqué lors de mon opération, l'on n'eût pas fait disparaître la seconde centaine de sacs sans mise à part; l'on n'eût pas pris à la file les uns des autres dix sacs dans la troisième centaine et vingt dans la dernière.

Il ne restait plus que 13 sacs à l'étage supérieur non encore entamés par les meules et les 30 sacs mis en réserve, lorsque le sergent Robert, délégué par l'Agent-Comptable, se présenta pour faire la vérification du poids réglé. Ce poids, on le pense bien, devait se trouver conforme.

Cette opération touchait à son terme, quand arriva M. Gley. Je me plaignis de cet amalgame qui rendait toute vérification illusoire. Ce fonctionnaire, je dois le dire, réprimanda vertement le Chef-Meunier; c'est ce qui me fait croire qu'il n'a pas trempé dans des machinations tendant évidemment à remplacer la vérité par le mensonge.

Après le départ du Chef-Comptable, je fis procéder, pour ma satisfaction personnelle, au pesage de plusieurs hectolitres de blés, pris dans les trente sacs mis en réserve. Le premier me donna, kil. : 71, le second kil. : 70.300, le troisième 71 kil., et le quatrième enfin, kil. : 70.300. Cette pesée eut lieu en présence du sergent Robert et de plusieurs hommes attachés au service du moulin.

J'obtins ainsi la conviction intime qu'aucune partie des blés soumis à ce dernier travail, pas même les trente sacs

2

*choisis* pour servir à la vérification, n'était de qualité aussi mauvaise que la partie avec laquelle je venais d'achever ma mouture. Le blé que j'avais été forcé d'employer ne pesait brut que 70 kil. l'hectolitre, et tous ceux que j'avais destinés à la mouture de comparaison que j'avais été mis à même de vérifier dépassaient ce poids, soit d'un kilo quatre hectos, soit d'un kilo, soit au moins de trois hectos.

Et quel résultat n'eus-je pas obtenu, s'il m'avait été possible de saisir au vol et de mettre dans la balance un de ces nombreux sacs qui n'ont fait qu'apparaître pour disparaître aussitôt, et aller s'engloutir dans le nettoyage et dans la trémie-distributive, d'où ils ne devaient sortir que réduits en boulange, et assurer par leur blutage une victoire que la déloyauté rendait bien peu glorieuse, sans doute, mais que l'on s'était vanté d'obtenir, même avant que de connaître la vertu des armes dont se serviraient les adversaires !

Le 8 novembre, à 11 heures 23 minutes du matin, l'on terminait une opération qui n'avait duré que 4 jours 16 heures, et le pesage de la boulange donnait un résultat brut de kil.: 39,833.500, en présence d'une mise en mouture nette de kil.: 39,673.050; résultat sinon impossible, du moins plus qu'improbable, ainsi que je vais le démontrer.

Il est dans l'art de moudre une règle aussi immuable que le globe, c'est que l'évaporation au moment de la mouture est, eu égard au système employé, en proportion de la rapidité de la rotation, de la quantité de blé que l'on donne aux meules, et de leur qualité.

Cette règle, je la prouve d'abord par le résultat des deux opérations faites avec l'Aérateur.

La première opération avait duré 6 jours 13 heures 25 min.: pour moudre, net, kil.: 39,764.225 de blés d'une qualité donnée. Ainsi, chaque paire de meules réduisait en mouture, kil.: 125.500 à l'heure, soit, kil.: 251 pour le jeu de meules, et le déchet a été de kil.: 196.725, soit 0.50. p. 100.

La seconde opération n'avait duré que 5 jours 6 heures

34 minutes, pour réduire en mouture kil. : 39,675. 825 de blés tant soit peu inférieurs en qualité. Cette fois, chaque paire de meules avait donc broyé kil. : 150 à l'heure, soit pour le jeu kil. : 300. Mais cette fois aussi, quoique la quantité fût à très peu de chose près la même, comme la célérité avait été beaucoup plus forte et que la qualité des blés différait un peu, le déchet des meules a été de net kil. : 701. 422, soit 1. 60. p. 100.

Ainsi, lorsque je ne faisais que kil. : 125. 500 par paire de meules à l'heure, je n'avais que 0. 50 de déchet des meules; mais lorsque j'en ai fait à l'heure kil. : 150, j'ai eu 1. 60 p. 100.

Faisons maintenant l'application de cette même règle aux meules qui ont opéré d'après le système ancien , sans Aérateur.

On a moulu pendant les 30 jours du mois de septembre dans la manutention à Metz, avec trois paires de meules en activité continuelle, net kil. : 163,833 de blés, soit kil. : 75. 833 par heure et par paire de meules. La production en boulange a été net de kil. : 161,724, et le déchet des meules n'a été que de kil. : 2109, soit 1. 30. p. 100.

En octobre, lors de la première mouture comparative, le jeu de deux paires de meules a expédié, en 6 jours 21 heures 25 minutes de travail, net kil. : 39,770. 725 de blés de même qualité, soit kil. : 119. 500 par paire de meules et à l'heure, ou kil. : 239 par heure pour les deux paires ; et le déchet des meules a été de kil. : 638. 025, soit de 1. 60 p. 100

Par conséquent la proportion a été croissante, eu égard à l'augmentation de célérité, la règle est observée, l'opération est juste.

Mais il n'en est plus de même lorsqu'il s'agit de la dernière opération, où la règle, pour la première fois, devient fautive, où les résultats donnés dénotent une fraude positive mise en œuvre, soit dans un intérêt purement personnel qu'il est inutile de déterminer, soit uniquement pour chercher à empêcher, dans la manutention de l'armée, l'introduction d'un système qui, tout en sauvegardant les intérêts du Trésor, et assurant un pain meilleur au soldat, pouvait établir un contrôle gênant ou donner un peu plus de besogne.

Examinons cette dernière opération.

L'on verse dans la trémie-distributive, dit-on, kil. : 39,673. 050 de blés net, de même qualité, dit-on encore, que ceux de l'opération comparative précédente. En 4 jours 16 heures cette partie est réduite en boulange par deux paires de meules, de manière que chaque paire a été forcée au point de faire **177** kilos à l'heure, soit pour le jeu de meules kil. : 354. Eh bien ! le croirait-on ? le déchet des meules ne s'élève qu'à kil. : 356. 050, soit 0. 88. p. 100.

Ainsi, lorsque l'on faisait seulement kil. : **75. 833** à l'heure, le déchet des meules était de 1. 30 ; lorsque l'on a augmenté la célérité au point de faire kil. : **119. 500** , ce déchet a augmenté en proportion et s'est élevé à **1. 60** ; lorsque l'on active la rotation au point de faire kil. : **177** à l'heure, le déchet décroît et tombe à **0. 88**, il devient de 0. 42 inférieur à celui que l'on avait lorsque les meules ne faisaient que kil. : **75. 833** à l'heure, que l'outillage était le même et que la qualité des blés était restée invariable, si elle n'avait pas dégénérée.

Non – seulement cette allégation n'est pas exacte, mais le fait est mathématiquement impossible. La fraude est patente. Ou il y a erreur volontaire dans le poids de la boulange obtenue, et, par suite, dans le chiffre du déchet des meules, ou les blés dont on s'est servi pour cette opération étaient d'une qualité de beaucoup supérieure, ou l'on a mis en mouture une plus grande quantité de blés que celle annoncée, ou bien l'on a fait emploi des deux derniers moyens réunis.

Quant à la supériorité de qualité, j'en ai produit la preuve, et Dieu sait quelle quantité et quelle qualité contenaient les sacs passés au nettoyage et versés dans la trémie-distributive, sans qu'on voulût en faire avec moi la vérification de la qualité et du poids spécifique.

La fraude étant aussi manifeste, il deviendrait inutile d'approfondir les autres calculs de cette opération, si je ne tenais à démontrer que, s'il n'est pas difficile quelquefois d'arriver à fasciner les yeux par des apparences mensongères, il n'est pas toujours aussi facile, surtout lorsqu'on n'est pas très expert dans la matière, d'éviter les contradictions et de faire disparaître les preuves de sa turpitude.

Deux égales quantités de blés de même qualité doivent donner la même quantité de sons, lorsque ceux-ci ont été également bien évidés.

D'un autre côté, il est constant que le meunier qui aura le mieux nettoyé ses sons obtiendra une plus grande quantité de farine, mais aura un poids inférieur en sons que celui qui n'aura pas aussi bien enlevé la farine qui touche à la pellicule.

Dans l'espèce, nos adversaires déclarent avoir obtenu kil. : 33,624.900 farines affleurées, tandis que je n'en ai produit que kil. : 33,574.090. Or, comme d'après eux nous avions tous deux la même quantité et la même qualité de blés, il en résulte qu'ayant plus de farines affleurées que moi, ils doivent avoir mieux évidé leurs sons, et que, par conséquent, ceux-ci doivent être plus légers que les miens. C'est ce que, du reste, mes concurrents ont parfaitement senti. Au pesage des sons non divisés, les miens portaient kil. : 21.300 par hectolitre rase, tandis que les leurs n'allaient pas au delà de kil. : 20.225. Jusque-là, donc, ils étaient conséquents avec eux-mêmes.

Mais, comme on ne prévoit pas toujours tout, on a oublié qu'ayant des sons plus légers il fallait nécessairement, dans le cas actuel, en avoir un moindre poids, sous peine de devoir avouer qu'on avait mis en mouture une plus forte quantité de blés.

Or, qu'est-il arrivé ? que le pesage de nos sons a démontré que j'en avais kil. : 4,812.575, et que mes adversaires en avaient obtenu kil.: 5,163.345, par conséquent kil. : 350.770 de plus que celui qui avait, d'après eux, moins de farines affleurées et des sons moins bien évidés.

En présence de faits parlant si haut et d'argumentations aussi concluantes et aussi irréfutables, je pense qu'il serait absurde d'appuyer davantage sur le peu d'égard que l'on doit prendre à cette dernière mouture pour arriver à un point de comparaison quelconque.

Avant de jeter un voile sur cet amas d'absurdités, il m'importe, Monsieur le Ministre, de vous laisser entrevoir combien il m'eût été encore facile de chanter victoire, malgré le mémorable compte de mouture dressé par mes concurrents et tous les subterfuges employés pour me combattre. Je n'avais qu'à m'abriter derrière l'Ordonnance qui veut la production en farines affleurées de 84 1/2 p. 100 du poids net de la boulange obtenue, et qui décide ainsi explicitement que l'opération qui obtient le plus de pour cent en partant de cette base est celle qui est la plus favorable et la mieux sauvegardée les intérêts du Trésor.

Dans le dernier travail, j'ai obtenu kil. : 33,574. 090 de farines affleurées, de kil. : 39,481 de boulange, ce qui me donne kil. : 641,090 au-dessus de 84 1/2 p. 100 exigés par l'Ordonnance ; tandis que les meules sans Aérateur n'ayant retiré que kil. : 33,624. 900 de farines affleurées, de kil. : 39,833. 500 de boulange, il en résulte qu'ils n'ont obtenu que kil. : 97, au-dessus des 84 1/2 p. 100 fixés par l'Ordonnance, et que je présenterais ainsi un avantage de kil. : 544. 090.

Mais, j'ai déjà eu l'honneur de le dire, cette Ordonnance comporte une erreur positive et demande dans l'intérêt général un redressement.

Je vous prierai cependant, Monsieur, lorsqu'il s'agira de fixer le pour cent de farines affleurées qu'il faudra produire en prenant pour base les blés mis en mouture, de ne pas prendre en considération la dernière opération faite en concurrence avec moi par la manutention de Metz, parce qu'il deviendrait impossible de satisfaire à une semblable exigence, et je suis persuadé que, s'il était ordonné aux chefs que cela concerne de reproduire continuellement, fût-ce même seulement tous les deux mois, les pour cent que présente leur dernière opération, ils préféreraient renoncer à leur place plutôt que de s'exposer à une ruine certaine.

En effet, mes adversaires ont mis en mouture, dans cette dernière opération, net kil. : 39,673. 050, et en ont retiré kil. : 33,624. 900 de farines affleurées, ce qui produit une extraction de 84 3/4 p. 100. Si le même résultat avait dû être obtenu lors de la première opération, dans laquelle ils ont déjà travaillé avec avantage, qu'en serait-il résulté? un déficit énorme. La mise en mouture de leur première opération étant net de kil. : 39,770. 725, elle eût dû rendre, à raison de 84 3/4 p. 100, kil. : 33,705. 689 de farines affleurées, et, comme l'on n'a obtenu que kil. : 33,243, il en serait résulté un déficit de kil. : 462. 689, qui, répété nécessairement aussi souvent que les quantités égales de blés, forcerait bientôt à battre en retraite tout Officier-Comptable assez téméraire pour oser prendre sur lui une semblable responsabilité.

Si j'osais me permettre de donner mon opinion sur le *quantùm* pour cent à fixer par l'Ordonnance à émettre, je prendrais la liberté de vous dire, MONSIEUR LE MINISTRE, que vous pourriez, sans risquer de compromettre les intérêts de vos subordonnés, et tout en travaillant dans l'intérêt du Trésor, fixer le pour cent de rendement basé sur la mise nette en mouture à 83 1/2 p. 100 pour les meules sans appareil et à 84 1/2 p. 100 pour les meules revêtues de mon Aérateur. Car, si je n'ai pas atteint exactement ce chiffre lors de ma première mouture, je suis certain que, malgré tout ce qui a pu se passer, j'y serais arrivé, si les blés avaient eu le poids fixé par l'Ordonnance pour leur réception.

J'ai fini de parler de ces opérations expérimentales, sur lesquelles je regrette d'avoir été forcé de m'étendre aussi longuement. Il ne me reste plus qu'à vous donner à connaître ma conduite en présence de la gravité de ces faits, et de toucher un mot concernant la panification des produits de ces prétendues expériences.

A peine avait-on commencé à faire la vérification des produits de la mouture de mes adversaires, et à en dresser le compte de mouture, que je pus m'apercevoir que l'on voulait me sacrifier à tout prix. Mais, peu disposé à me retirer avant d'avoir mis au jour toutes les ruses et toutes les turpitudes, je m'occupai de dresser une notice aussi exacte que possible des faits relatifs à mes expériences, et je l'adressai à la Commission qui devait connaître de mes opérations et les apprécier.

Aussitôt que cette notice fut tombée entre les mains de M. le Sous-Intendant, Président de la Commission des vivres, il me fit appeler pour me manifester le désir de procéder à une nouvelle expérience. Vous sentez, Monsieur, que ma réponse verbale dut être un refus. Ce fonctionnaire me remit alors une lettre par laquelle il renouvelait son invitation et me sommait même, au besoin, d'y obtempérer.

Mais j'étais décidé à ne pas m'exposer à de nouveaux déboires, je refusai toute participation à une troisième opération, jusqu'à ce qu'elle fût placée par vous, MONSIEUR LE MINISTRE, sous la sauvegarde d'une Commission spéciale, chargée d'assister à toutes opérations et d'en surveiller tous les détails.

J'écrivis dans ce sens à M. le Sous-Intendant, lui marquant toutefois que, si la nouvelle expérience qu'il demandait était pour sa propre satisfaction et sans caractère officiel, j'étais prêt à l'entreprendre, pourvu qu'en cas de réussite mes frais de déplacement et d'ouvriers fussent couverts; m'engageant de mon côté à lui remettre le même montant en espèces, si les résultats ne présentaient pas tous les avantages que j'avais annoncés.

Je poussai même les choses plus loin, j'offris un enjeu, déclarant que, si, comme je ne pouvais le mettre en doute, les chances m'étaient favorables, les sommes qui me reviendraient, par suite d'une expérience franche et loyale, seraient remises au bureau de bienfaisance.

Le silence qu'a gardé M. le Sous-Intendant m'a fait supposer qu'il était question d'une opération administrative; son départ précipité pour la Capitale m'en a même donné la conviction. Il voulait sans doute, tout en instruisant ses chefs immédiats de ce qui s'était passé, prendre leurs instructions avant que de me répondre. Loin de blâmer cette conduite, je la trouve très louable et beaucoup plus honnête que la sommation faite à un homme qui a déjà fait des frais considérables pour être utile à l'humanité, et que l'on a tenté, de l'aveu même de M. le Sous-Intendant, qui demande une nouvelle expérience, de faire tomber dans un piége; que l'on voudrait encore *contraindre* à compromettre son avenir, en le mettant de nouveau à la merci d'hommes ineptes, mais méchants, et auxquels tous les moyens ont été bons pour parvenir à fausser la vérité, à nier l'évidence.

Mon séjour à Metz était par trop prolongé, par trop ruineux, et par trop contraire à mes intérêts, pour que je ne fusse forcé d'y mettre un terme, d'autant plus que je pouvais vaquer à mes nombreuses occupations en attendant vos ordres. Je suis donc rentré à Paris, bien persuadé, MONSIEUR LE MINISTRE, que des instructions ne tarderont pas à me parvenir pour procéder à de nouvelles démonstrations, qui, guidées par des hommes de votre choix, ne laisseront aucun doute sur l'appréciation de mon Aérateur; appréciation d'autant plus importante, que la panification des farines provenant des premières opérations contradictoires ont fait sentir combien l'introduction de mon système serait favorable; car il me suffit de me servir des termes mêmes du rapport du Maître-Boulanger, pour faire ressortir l'amélioration dont j'ai tenté de gratifier nos braves soldats. « Malgré les améliorations, dit ce » fonctionnaire, apportées (*par moi*) dans les farines ordi-» naires, je dois conclure que celles provenant du système Aé-ᴇ rateur l'*emportent* sous tous les rapports, à l'exception du » rendement, qui est à peu de chose près le même.

» Mais cependant, si les expériences avaient été faites de » part et d'autre par les mêmes ouvriers tout le temps de la » durée, *il est de toute évidence* que les résultats auraient été

» également bien plus favorables sous ce rapport comme sous
» tous les autres. »

Je ne m'étendrai pas davantage, MONSIEUR, sur un rapport qui vous passera nécessairement sous les yeux ; je n'ai
voulu en citer que les premières lignes, parce qu'elles embras-
sent la généralité des considérations qui suivent et des avantages que le Maître-Boulanger, comme homme consciencieux,
a cru devoir énumérer. Toujours est-il que, quand même
mon système n'offrirait que les améliorations reconnues au
moment de la panification, il attirerait votre attention et serait accueilli par vous avec la plus grande bienveillance, parce
que vous avez l'âme trop grande et des sentiments trop élevés
pour ne pas favoriser et protéger tout ce qui peut contribuer
au bien-être des défenseurs de la patrie.

Persuadé, MONSIEUR LE MINISTRE, que vous daignerez
mûrir les considérations que je viens de faire valoir, les ac-
cueillir favorablement, et me continuer votre bienveillance en
me donnant de nouvelles instructions,

J'ai l'honneur d'être, avec le plus profond respect,

Monsieur,

Votre très obéissant serviteur,
HANON-VALCKE.
4, impasse Mazagran.

# PIÈCES JUSTIFICATIVES.

---

## N° 1.

## MINISTÈRE DE LA GUERRE.

SUBSISTANCES MILITAIRES, 1ʳᵉ SECTION, N° 784.

Paris, le 10 juillet 1851.

Monsieur, le Président de la République m'a transmis, avec recommandation, la lettre que vous lui avez adressée le 4 juin dernier, dans le but d'obtenir que les systèmes des meules Aérifères dont vous êtes l'inventeur soient essayés à vos frais dans les usines de l'Administration de la guerre.

En réponse à cette demande, je dois d'abord vous faire connaître que les divers établissements dans lesquels s'effectuent les moutures du service des vivres, à l'exception de la seule usine de Metz, appartiennent à des particuliers, ou sont exploités au moyen de marchés passés avec des entrepreneurs civils, opérant sous leur propre responsabilité.

Il résulte de cette situation que l'État n'a aucun moyen d'introduire dans ces usines l'usage de nouveaux procédés de mouture qui ne seraient pas adoptés par les entrepreneurs eux-mêmes.

Ce n'est donc que dans l'usine de Metz, appartenant à l'administration de la guerre, et dirigée par ses agents, que je pourrais autoriser l'application de votre système d'Aérateur, s'il était reconnu avantageux ; je suis même disposé à vous autoriser à en faire l'essai dans l'usine en question, à la condition, toutefois, que ces expériences auront lieu à vos risques et périls, les frais de toute nature qu'elles pourraient occasionner devant rester naturellement à votre charge.

Des instructions seront adressées à **M.** l'Intendant militaire de la 3e Division, si vous croyez devoir procéder à Metz à des expériences sur le mérite de votre procédé. Veuillez bien me faire connaître vos intentions à cet égard.

Recevez, Monsieur, l'assurance de ma considération.

Le Ministre de la guerre.

Pour le Ministre et par son ordre,

le Directeur de l'Administration,

(*Signé*) DAGNIAN.

A M. Hanon Valcke.

---

N° 2.

## MINISTÈRE DE LA GUERRE.

VIVRES, N° 910.

Paris, 11 août 1851.

Je vous informe, Monsieur, que, d'après les intentions manifestées dans votre lettre du 4 août courant, j'adresse, par dépêche de ce jour, des instructions à **M.** l'Intendant militaire de la 3e division, pour le prévenir que j'ai consenti à ce que vous fassiez, à vos frais, l'application de votre système d'Aérateur dans l'usine de l'Administration, à Metz.

Vous pouvez, en conséquence, vous mettre, dès à présent, en relation à ce sujet avec ce fonctionnaire, qui est invité à vous faciliter les moyens de faire une expérimentation aussi concluante que possible de votre procédé de mouture.

Recevez, Monsieur, l'assurance de ma parfaite considération.

Le Ministre de la guerre.
Pour le Ministre et par son ordre,
le Directeur de l'Administration,

(*Signé*) DAGNIAN.

A M. Hanon Valcke.

———

## N° 3.

Paris, 17 août 1851.

Monsieur Velté, Chef-Meunier du moulin de la manutention militaire, à Metz,

Par sa lettre du 10 juillet dernier, M. le Ministre de la Guerre m'autorise d'aller appliquer mon système d'Aérateur sur les meules du moulin de l'État, à Metz, dont vous avez la direction. Avant de me rendre chez vous, j'aurais besoin de savoir : quel diamètre ont les meules, comment elles tournent, c'est-à-dire si c'est à droite ou à gauche ; combien elles ont de divisions et combien de rayons à chaque division ; si la boulange tombe dans des sacs ou comment elle est reçue ; si on blute à chaud ou à froid, et si les meules sont de bonne qualité, si elles sont neuves ou vieilles.

Vous m'obligeriez, Monsieur, si vous aviez la bonté de me transmettre ces renseignements et me dire combien vous écrasez de sacs ou hectolitres de blé en moyenne par 24 heures.

Dans l'attente d'une prompte réponse, recevez, Monsieur, l'assurance de ma parfaite considération.

(*Signé*) HANON-VALCKE.

*A la suite de cette lettre est écrit :*

Diamètre des meules 1 mètre 33 centim. ; deux paires tournent à droite et deux à gauche, chaque paire a dix divisions par quatre rayons ; la boulange tombe dans les sacs ; on blute à froid ; la qualité de meules est médiocre, elles fonctionnent depuis le 7 mars 1843, chaque paire peut moudre 24 quintaux par 24 heures en moyenne, selon la qualité de blés.

(Signé) Velté.

Metz, le 21 août 1854.

N° 4.

*A M. le Sous-Intendant militaire de la 3ᵉ Division.*

Monsieur,

Dans la première expérience de mouture que nous avons faite, il semblerait qu'il s'est glissé des erreurs ; et ce qui me porte à le croire, c'est que je n'ai pas rencontré tous les avantages que j'en attendais. Afin de vérifier cette première expérience, il a été décidé qu'une nouvelle mouture de 400 sacs serait recommencée, et que cette fois il n'y aurait dans le moulin que la marchandise de l'expérience courante ; il a aussi été convenu que chacun conduirait sa mouture comme il l'entendrait, c'est-à-dire sans être obligé d'amener les meules à la même vitesse. Pour recommencer une nouvelle mouture, chacun de son côté devait rhabiller ses meules ; j'ai donc fait rhabiller les deux paires de meules revêtues de l'Aérateur, mais rhabiller seulement et absolument rien d'autre que rhabiller. A cette occasion, je fis observer à M. Gley, l'Officier-Comptable, que les meules sans Aérateur ne devaient être également que rhabillées ; il me répondit qu'on leur donnerait de l'entrée, qu'on blanchirait et qu'on retoucherait aux rayons ; que ce travail était nécessaire pour amener les meules dans un parfait état de moulage.

J'observai à M. Gley que donner de l'entrée, blanchir et toucher aux rayons, c'était rendre de l'ardeur à la pierre et la mettre en état de travailler plus fort et de briser davantage les sons que dans l'état ordinaire d'affleurement ; qu'en agissant ainsi c'était se mettre en dehors des conditions identiques qui devaient nous démontrer les résultats possibles pris dans les conditions d'affleurage ordinaire des meules ; et, afin de rester dans les mêmes conditions, j'offrais que l'expérience fût faite avec les mêmes meules, c'est-à-dire avec les meules Aérateurs, les entonnoirs enlevés et les trous bouchés ; que par ce moyen ou aurait les mêmes éléments, meules et moteurs, chose absolument nécessaire, condition indispensable, si on voulait obtenir des résultats certains. (A cette occasion je vous dirai que je suis fortement disposé à croire que le jeu des meules de droite est favorisé d'un meilleur tirage d'eau que l'autre, et que la roue rend plus que celle de gauche.) Je fis encore observer à M. Gley qu'en prenant les meules qui ont reçu l'application on jouirait du bénéfice du bon état de moulage que je leur ai fait subir, et aussi de l'élévation des archures et de leurs ouvertures, à quoi on semblait attribuer une différence d'élévation de température à cause du rafraîchissement qui devait en résulter. Il me fut répondu que l'on ne pouvait pas accepter ma proposition et que l'on opérerait avec les mêmes meules, auxquelles on ferait subir tout le travail nécessaire pour les mettre en parfait état de moulage.

Dans un pareil état de choses, je crois bien faire en m'adressant directement à vous, à l'effet d'obtenir que l'expérience contradictoire soit faite avec les meules Aérateur, les entonnoirs enlevés et les trous bouchés. En terminant, Monsieur le Sous-Intendant, je vous dirai que les moutures que nous faisons sont plutôt des moutures de concurrence que des moutures d'expérience, car non-seulement on s'empare de tous mes moyens de travail, mais encore c'est sur ma manière de faire conduire les meules que, lors de la première expérience, on s'est dirigé pour conduire les autres.

Je compte, Monsieur, qu'après avoir pris connaissance des faits ci-dessus vous partagerez ma manière de voir, et que vous déciderez que l'expérience sera faite avec les mêmes meules et le même moteur. Au cas contraire, vous m'obligerez infiniment en m'adressant avis par écrit.

Agréez, Monsieur, l'assurance de ma parfaite considération.

(*Signé*) HANON-VALCKE.

Metz, le 30 octobre 1851.

---

## N° 5.

NOTICE adressée à M. DEFAULTRIER (Sous-Intendant), Président, et à Messieurs les Membres de la Commission des Vivres militaires, à Metz.

Messieurs,

Monsieur le Ministre de la Guerre, par sa lettre en date du 11 août dernier, n° 910, bureau des subsistances, 1ʳᵉ section administrative, m'autorisait à faire l'application de mon système d'*Aérateur* sur les meules du moulin de l'État, à Metz, et de l'expérimenter ensuite de la manière la plus concluante dans ladite usine. Des instructions furent transmises en conséquence à Monsieur l'Intendant de la 3ᵉ division militaire de Metz.

Le lundi 22 septembre écoulé, je me rendis au bureau du Sous-Intendant, et, après avoir conféré avec ce fonctionnaire du motif qui m'amenait en cette ville, il fut convenu que je pourrais commencer de suite l'application de mon système d'*Aérateur* sur un jeu de deux paires de meules qui, après avoir reçu ladite application et subi le traitement nécessaire pour les mettre en état de bon moulage, travaillerait de comparaison avec l'autre jeu de deux paires de meules de la même usine, afin d'établir, par les résultats comparés, les avantages de la nouvelle méthode sur l'ancienne. Le traitement des meules et l'application de mon système terminés, nous fûmes en mesure de commencer, le 13 octobre dernier, l'expérience.

Par une note que j'avais remise à M. Gley, Officier-Comptable à l'administration, plusieurs jours avant de commencer les expériences, je demandai l'autorisation pour me rendre en personne au magasin à blé, à l'effet d'assister au pesage et en constater le poids naturel de l'hectolitre. Je demandai aussi dans cette note que les sacs fussent cachetés, attendu qu'il était important, si on voulait être certain des résultats, de s'assurer qu'on recevait bien exactement les mêmes blés, le même poids et la même qualité. Il ne fut pas donné suite à ma demande, et, la veille de commencer les expériences, je vis arriver les blés à l'usine ; sur l'observation que je fis, il me fut répondu que la vérification s'en ferait au moulin, et que les sacs étaient tous réglés à 101 kilos. Le lundi 13 octobre au matin, M. le Sous-Intendant militaire vint au moulin, M. Gley, Agent-Comptable, s'y trouvait également. On fit la vérification du poids des sacs, et, après en avoir repesé un certain nombre, on procéda à la constatation du poids spécifique, c'est-à-dire du poids naturel à l'hectolitre ; ce blé pesait seulement 71 kilos 8 hect., toile comprise. MM. le Sous-Intendant et l'Officier-Comptable en conférèrent ensemble, et ils décidèrent que cette constatation aurait lieu après l'opération du nettoyage des deux premiers cents sacs, lesquels serviraient de base pour les six cents sacs restants. Cette opération du nettoyage terminée, nous pesâmes les blés, et nous leur trouvâmes le poids naturel de 73 kilos, poids net à l'hectolitre.

Le 15 octobre on commença la mouture, et pour les 600 sacs de blé à recevoir, voici comment j'en fis faire le partage, afin de m'assurer que nous employions bien les mêmes blés : à leur arrivée au moulin, ils étaient déchargés sous le porche ; quand on fut pour les monter, je prescrivis qu'au fur et mesure que les sacs arriveraient à l'étage supérieur, qui leur était réservé, on en mît alternativement un sac à gauche pour A, et un sac à droite pour O ( la mouture à l'*Aérateur* était désignée sous la lettre A, et la mouture sans *Aérateur* sous la lettre O, qui voulait dire Ordinaire ) , de telle sorte que l'on pouvait être certain que le partage en avait été aussi régulièrement fait pour la quantité que pour la qualité. L'expérience des premiers quatre cents sacs terminée , il fut trouvé que les résultats des deux moutures étaient loin d'être les mêmes. Probablement parce que ceux  obtenus par l'*Aérateur* offraient de grands avantages, on s'empressa de conclure que cette expérience ne présentait pas toute la vérité, et que, dans cette situation , on devait recommencer une autre opération avec les mêmes quantités de blés ; et afin qu'aucune espèce d'erreur ne fût plus possible, on convint que la seconde mouture se ferait à tour de rôle ; qu'il n'y aurait , dans le moulin , que les marchandises appartenant à la mouture en train; que cette marchandise ne sortirait du moulin que lorsque tout le travail en serait entièrement terminé , et que ce serait seulement après l'évacuation  totale de cette dernière  que les blés destinés à la mouture contradictoire y seraient amenés.

Mais comme il était de la plus haute importance , si on voulait arriver à des résultats positifs , d'employer, dans un cas comme dans l'autre , les mêmes qualités de blés , j'insistai de nouveau, mais vainement , pour  qu'il me fût permis d'aller moi-même au  magasin reconnaître la qualité des blés. Les quatre cents sacs qui m'étaient destinés me furent conduits à l'usine comme les précédents. Dans cette occurrence, et comme toute la partie pour la même mouture arrivait ensemble, et que, comme  les précédents , les sacs étaient préalablement déchargés sous le porche, je résolus que , lorsqu'on les monterait , on mettrait tous  les dixièmes sacs de côté , et ce, au fur et à mesure qu'ils seraient montés. Les 400 sacs m'en donnèrent ainsi 40, qui furent repesés pour en vérifier le poids réglé et pouvoir ainsi établir le poids attribué aux 400. — Cette opération terminée , je fis procéder de la même manière pour les 40 sacs réservés, c'est-à-dire que tous les dixièmes sacs furent encore mis de côté, les quatre sacs qui me restèrent devant être réglés au poids naturel à l'hectolitre. M. Gley,

Agent-Comptable, qui représentait au moulin le Sous-Intendant, avait assisté à la vérification du poids réglé des 40
sacs, et assistait aussi au pesage du poids naturel du premier
des quatre sacs dont il vient d'être parlé ; le poids spécifique
de l'hectolitre de ces blés ne pesant que 70 kilos seulement,
la toile du sac comprise, M. Gley ne voulut point continuer
de constater le poids des trois autres sacs restants, en disant :
qu'en l'état des blés ce poids ne pouvait être l'expression de
sa qualité ; que ce poids ne pouvait être recherché d'une manière rationnelle et concluante qu'après le nettoyage, c'est-à-
dire dans le nouvel état où se trouve la denrée pour sa mise
en mouture.

J'observai que cela était contraire à l'ordre de choses suivi
dans la pratique, et qu'en outre les blés n'étaient pas dans
cet état de nettoyage quand on les recevait du fermier ou des
marchands, état dans lequel on les prenait pour en constater
le poids naturel à l'hectolitre lors de la réception ; mais que,
dans tous les cas, ceci ne pouvait rien faire à la chose, si on
procédait par le même moyen aux deux expériences ; qu'au
contraire celui que j'employais devait être préféré, attendu
qu'il permettait d'opérer le nettoyage des blés en même temps
que la mouture.

Je pris note de son refus, et je fis monter ces trois autres
sacs de blé pour être versés avec les autres au nettoyage. J'observai cependant à M. Gley que cette constatation du poids naturel était nécessaire, indispensable même, si les résultats
devaient démontrer quelque chose de certain et de positif, attendu que la qualité de blé pouvait faire varier les produits de
la mouture. Et en effet, il est constant pour tous ceux qui
connaissent la meunerie qu'un kilo de qualité répond exactement à un kilo de farine affleurée. La mouture *Aérateur* finie,
on commença le blutage, et, aussitôt qu'il fut terminé, nous
reconnûmes les produits du compte de mouture ci-joint, sur
lequel je reviendrai avant de terminer, afin d'en faire ressortir
les chiffres comparés dans les deux opérations.

On évacua donc les marchandises *Aérateur,* et on recon-
duisit les blés pour la deuxième mouture sans *Aérateur.* Je
recommandai bien au Chef-Meunier et à ses aides qu'on opérât
pour ceux-ci comme on l'avait fait pour les miens, c'est-à-dire
que tous les dixièmes sacs fussent mis à part au fur et à mesure
qu'on les monterait à l'étage supérieur. Les cent premiers
sacs furent montés au quatrième étage ; je fis mettre par moi-
même les dixièmes sacs de côté : il y en avait dans ce moment
deux cents sacs sous le porche ; le deuxième cent fut monté au
deuxième étage, et il avait été convenu que, quand on les monterait au quatrième pour être versés au nettoyage, l'on
mettrait également tous les dixièmes à part, pour être réunis
avec les dixièmes du premier cent, et qu'enfin on continuerait
de la même manière pour les deux autres cents à venir. Ceci
se passait le dimanche 2 novembre. La mouture commença
le 3 novembre à 7 heures 15 minutes du soir, et le mardi
4 novembre, dans la matinée, je fus au moulin, je montai à
l'étage supérieur pour voir les blés qu'on versait au nettoyage,
et, après l'avoir bien attentivement examiné, je m'aperçus
qu'il était supérieur en qualité à ceux que j'avais employés.
Voulant positivement m'en assurer, j'en fis régler et peser un
hectolitre, qui fit monter la bascule à 71 kilos 400 grammes.
Ce jour-là je ne rencontrai pas M. Gley au moulin, mais le
lendemain, mercredi 5 novembre, je trouvai ce fonctionnaire
à l'usine. L'hectolitre en question était encore sur la bascule ;
je lui en fis vérifier le poids en lui présentant de nouveau mes
observations ; il continua de protester que c'étaient bien les
mêmes blés, identiquement la même qualité que j'avais eue ;
que le hasard seul pouvait expliquer la différence du poids de
l'hectolitre que je lui faisais voir ; que ce serait bien impossible que ce ne fût pas exactement les mêmes blés et qualités,
attendu qu'ils provenaient de la même couche, du même
grenier, qu'ils avaient été criblés, recriblés, pelletés et repel-
letés, et qu'il ne pouvait pas exister de différence.

Pendant ce temps-là, le moulin tournait et les sacs montés

s'epuisaient ; déjà on avait moulu entièrement les cent premiers sacs, sans en excepter les dix mis de côté dont je vous ai entretenus plus haut. On avait monté les cent sacs du 3ᵉ étage, qui furent également moulus, rien excepté ni réservé ; le 3ᵉ cent arrivant, on en prit tout de suite 10 sacs à la suite les uns des autres, qu'on plaça à l'étage des meules ; le 4ᵉ cent arrivé, on en prit encore 20 sacs de la même manière que les dix précédents, si bien que les deux derniers cents en fournirent trente sacs, mais qui n'avaient pas été pris par dixième, comme cela s'était pratiqué pour moi.

Dans cet état de choses, qu'est-ce qui prouve que ces trente sacs, ainsi choisis, ne portaient pas un signe distinctif quelconque et que les blés qu'ils contenaient fussent de la même qualité que ceux déjà moulus ? Quoi qu'il en soit, il ne restait plus à l'étage supérieur que treize sacs de blé pour avoir moulu le 4ᵉ cent, et il était nécessaire de procéder à la vérification du poids réglé des trente sacs qui se trouvaient à l'étage des meules, afin de pouvoir les monter pour être livrés aux nettoyages ; nous procédâmes à cette vérification avec le sergent Robert, délégué par M. Gley, l'Agent-Comptable, pour le remplacer dans cette opération ; le poids fut trouvé conforme, moins quelques hectogrammes, dont il a été fait compte pour les deux moutures, et qui figurent au compte de mouture comme poids manquant dans les sacs de blé.

L'opération de la vérification finissait quand M. Gley arriva au moulin. Je lui fis part de ce qui s'était passé, relativement au mode dont on s'était servi pour la mise de côté des sacs qui auraient dû être pris par dixième ; il en réprimanda sévèrement le Chef-Meunier, et avec d'autant plus de raison, que lui-même il avait recommandé d'agir différemment qu'il n'avait fait, c'est-à-dire que tous les dixièmes sacs fussent exactement mis à part. Comme il n'y avait eu que trente sacs de vérifiés, M. Gley voulut monter au 4ᵉ étage pour vérifier le poids de dix autres sacs pris dans les treize qui restaient, et dont il vient d'être parlé. Il est bon de vous faire observer,

Messieurs, que ces dix sacs appartenaient aussi au dernier cent sacs arrivés, et qu'au total, dans les quarante sacs vérifiés, trente appartenaient au dernier cent et dix au troisième cent.

Cette opération terminée, M. Gley nous quitta, et comme précédemment il s'était refusé de constater le poids naturel à l'hectolitre, je ne jugeai pas à propos de lui en parler de nouveau; mais, pour ma conviction personnelle, je voulus vérifier encore quelques sacs, et j'en fis mesurer quatre hectolitres qui me donnèrent le poids spécifique suivant : 71 kil., 70 kil. 300, 71 kil. et 70 kil. 300 grammes. Cette supériorité de poids se reproduisant, je pus conclure tout naturellement que je ne m'étais point trompé sur la supériorité de qualité.

Je fus donc porté à croire que le poids naturel trouvé à l'hectolitre du premier cent, 71 kil. 400 grammes, pouvait être attribué aux blés déjà moulus, attendu que les trente sacs qu'on avait réservés et dont j'en avais fait peser quatre pouvaient avoir été choisis; car on pouvait bien supposer que j'en aurais fait la vérification comme ci-dessus. Dans cet état de choses, je me réservai de tirer tel parti que de raison de cette supériorité de qualité à la fin de nos expériences.

La mouture dont je viens de vous entretenir fut achevée le 8 novembre à 11 heures 23 minutes du matin, et avait par conséquent duré 4 jours 16 heures. On commença l'opération du blutage; mais, comme les sacs de boulange brute avaient été tous réglés à 100 kil., je comptai, aussitôt la mouture finie, le nombre de sacs qu'on en avait obtenus, et j'en trouvai 398 et 33 1/2 kil. Je compris de suite que ce résultat n'était point possible, et je recommandai à mes ouvriers d'apporter la plus grande attention à ce qu'il ne sortît rien du moulin. Le blutage terminé, on constata la production des quantités de chaque espèce de marchandises que vous trouverez sur les comptes de moutures ci-joints, que je vais comparer l'un à l'autre.

**1ʳᵉ** *Expérience* A. Quantité de blés, poids net,
mis à la mouture.                    kilos **39,764. 225**

Produit en boul., poids net. kil.   **39,567. 500**
   Déchet des meules.        »        **196. 725**
      Poids égal à celui mis à la
      mouture.          kilos **39,764. 225**

**2ᵉ** *Expérience* A. Quantité de blés, poids net,
mis à la mouture.                    kilos **39,675. 825**

      Produit en boulange, poids
      brut.          kilos **39,481.**
      Déchet des meules.      »        **194. 825**
      Poids égal à celui mis à la
      mouture.          kilos **39,675. 825**

Cette concordance entre le déchet des meules de ces deux
moutures est tellement frappante, qu'il serait impossible que
l'homme le moins versé dans l'art de moudre en contestât la
véracité. Je vais maintenant comparer les deux moutures O
entre elles.

**1ʳᵉ** *Expérience* O. Quantité de blés, poids net,
mis à la mouture.                    kilos **39,770. 725**

Produit en boul., poids net. kil.   **39,132. 700**
      Déchet des meules.        »        **638. 025**
      Poids égal à celui mis à la
      mouture.          kilos **39,770. 725**

**2ᵉ** *Expérience* O. Quantité de blés poids net, mis
à la mouture.                    kilos **39,673. 050**
Produit en boul., poids brut. kil. **39,833. 500**
      Déchet des meules.        »        **0. 000**
      Excédant sur la mise en mouture. kilos       **160. 450**
      Poids égal à celui de la boulange retirée
      des meules.          kilos. **39,833. 500**

*Ainsi donc l'on a obtenu plus en boulange que l'on n'avait mis en mouture. Ce sont là de ces faits* EXTRAORDINAIRES *pour ne pas dire miraculeux; faits dont la justification serait des plus difficiles pour ne pas dire impossible.*

Voilà, Messieurs, une différence frappante, différence prise dans les mêmes conditions de poids, puisqu'il est compté brut, en boulange, pour A comme pour O, dans les deux dernières expériences.

M. Gley, l'Agent-Comptable, sur le vu de ces chiffres, s'efforça de me dire qu'il fallait déduire la tare des toiles à boulange; j'eus beau lui objecter que nous étions placés dans les mêmes conditions, il persista à ne pas vouloir compter la boulange au poids brut, parce que, dit-il, les blés moulus ont été comptés au poids net. Cette manière d'envisager la chose serait, sans contredit, fort adroite; car elle esquiverait le contrôle de la mouture brute. Mais, dit-on, le déchet du blutage serait trop fort, si on ne déduisait point le poids des sacs; je le sais aussi, mais enfin il faut, avant tout, contrôler l'opération et le produit de la mouture, et, si nous déduisons le poids des sacs, le contrôle échappe entièrement. Ce point établi, je vais maintenant comparer les comptes de blutage.

1er *Blutage* A. Quantité de boulange, poids net, mis aux bluteries.　　　　　　kilos **39,567. 500**

Produit des bluteries, poids net.　　　　kilos **39,211. 250**
Déchet du blutage.　　» 　**356. 250**

Poids égal à celui mis aux bluteries.　　kilos **39,567. 500**

2ᵉ *Blutage* A. Quantité de boulange, poids brut,
mis aux bluteries.     kilos **39,481.**   »

Produit des bluteries,
  poids net.    kilos 38,834. 905
Déchet du blutage.    »   646. 095

Poids égal à celui mis aux
  bluteries.    kilos **39,481.**   »

1ᵉʳ *Blutage* O. Quantité de boulange, poids net,
mis aux bluteries.     kilos **39,132. 700**

Produit des bluteries, poids
  net.     kilos 38,820.   »
Boulange non blutée.   »   36.   »
Déchet du blutage.    »   276. 700

Poids égal à celui mis aux
  bluteries.    kilos **39,132. 700**

2ᵉ *Blutage* O. Quantité de boulange, poids brut,
mis aux bluteries.     kilos **39,833. 500**

Produit des bluteries, poids
  net.     kilos 39,208. 275
Boulange non blutée.   »   11. 700
Déchet du blutage.    »   613. 525

Poids égal à celui mis aux
  bluteries.    kilos **39,835. 500**

Des tableaux ci-dessus il résulte :

1° Que le déchet du blutage de la première expérience A
est de 80 kilos plus fort que celui de la première mouture O, et
que cette différence au blutage n'est pas possible ; et il est de la
dernière évidence pour moi que ces 80 kilos ont été détournés,
ou bien ils seront passés dans la mouture O, ce qui a pu se

faire avec d'autant plus de facilité que le blutage de nos deux premières expériences s'est fait à tour de rôle, cent sacs par cent sacs, et que tout le travail en a été fait par les ouvriers du moulin que je ne pensais pas même à surveiller, persuadé que j'étais que le tout se ferait avec exactitude et loyauté.

2° Que le déchet de la deuxième mouture A est de 646 kilos 095 grammes, et celui de la deuxième mouture O de 613 kilos 125 grammes.

» Ces déchets sont trop forts, dit l'Agent-Comptable, cela est vrai, mais ils sont pour l'un comme pour l'autre ; ils proviennent de ce que les produits du blutage sont comptés poids net, et que la mise au blutage est comptée poids brut ; je vais maintenant rendre la mise au blutage poids net, et nous verrons si le déchet de l'opération O est assez fort.

2ᵉ blutage A. Quantité de boulange, poids
brut.                                          kilos 39,481.    »
    A déduire la toile de 395 sacs.          »      506. 587
                                                                    —————
    Mis aux bluteries, poids net de bou-
lange.                                         kilos 38,974. 413

Produit des bluteries, poids
    net.              kilos 38,834. 905
Déchet du blutage.          »      139. 508
                                                                     —————

Poids égal à celui de la
    boulange mise aux blu-
    teries.           kilos 38,974, 413

2ᵉ blutage O. Quantité de boulange, poids
brut.                                          kilos 39,833. 500
    A déduire la toile de 398 sacs.          »      510. 500
                                                                     —————
    Quantité de boulange mise aux bluteries,
    poids net.                                 kilos 39,323.    »

Produit des bluteries, poids
net.            kilos 39,219. 795

Déchet du blutage.      »     103. 205

Poids égal à celui de la boulange mise aux blute-
ries.           kilos 39,323.     »

Des derniers tableaux de blutage A et O il résulte que le
déchet des bluteries pour A est de 139 kil. 508 grammes,
et pour O de 103 kil. 205 grammes. Eh bien, Messieurs, ce
déchet de 103 kil. 205 grammes sur une mise en mouture de
39,673 kil. 050 grammes est par trop minime, et la preuve
c'est le mien, qui en donne 139 kil. 508 grammes qui déjà
lui-même est très-peu élevé, ce qui est dû à ce que, par moi-
même, j'ai eu soin de surveiller l'opération du blutage et faire
nettoyer la chambre à râteau, le cylindre et les caisses des
bluteries, et le Chef-Meunier le sait tellement bien,
qu'il s'en est plaint à l'Agent-Comptable. En ce qui concerne le blutage O, qui est de 103 kil. 205 grammes, je vou-
drais bien qu'il me fût expliqué pourquoi il est si différent de
celui du premier blutage O, qui est de 276 kil. 700 grammes,
alors surtout que les 103 kil. 205 grammes proviennent d'une
mise au blutage de 39,323 kil., tandis que les 276 kil.
7 hectos proviennent d'une mise au blutage de 39,132 kil.
7 hectos. Comment m'expliquerait-on que le dernier déchet
du blutage pût être plus des deux tiers moins fort que celui
du premier; ce déchet n'est pas plus possible dans les conditions où nous opérions que celui de la mouture brute sur
lequel j'ai besoin de revenir encore.

Le déchet de la première expérience O est de 638 kil.
025 grammes; les meules avaient moulu 119 kil. 1/2 à
l'heure; et à la deuxième expérience elles ont moulu
177 kil. à l'heure; les meules ont donc marché beaucoup
plus vite et chauffé plus fort, et le déchet de la mouture a dû

augmenter en raison du plus fort travail et de la plus grande chaleur, et je suis certain que je ne me trompe point en portant à un quart en plus le déchet qu'il aurait dû y avoir dans la deuxième mouture O; ainsi il y avait à la première

| | | |
|---|---|---|
| expérience. . . . . . . . . . . . . . | 638 kig. | 025 gr. |
| A y ajouter un quart en plus. . . . | 159 | 506 |
| A y rapporter les 160 kil. 450 gr. . | 160 | 450 |
| TOTAL. . . . . | 957 | 981 |

Ces 957 kil. 981 grammes sont entrés en marchandise dans le moulin à mon insu.

Messieurs, pendant que je suis sur le chapitre des chiffres et tableaux, je vais vous faire connaître une fraude analogue qui s'est opérée lors du blutage de la première expérience de mouture O, et lors du blutage des premiers 100 sacs.

Nous avons mis au blutage 9,787 kil. 700 grammes de boulange qui ont produit en farine affeurée :

| | | |
|---|---|---|
| net. | 8,459 kil. | » |
| Qui ont produit en fleurage n° 1. . | 42 | » |
| — — n° 2. . | 22 | » |
| — en son. . . . . . | 1,306 | » |
| TOTAL. . . . | 9,829 | » |
| La mise au blutage étant de. . . . . | 9,787 kil. | 700 gr. |
| Il y a donc eu un excédant de. . . . | 41 | 300 |

sur la mise au blutage.

Ceci se passait le dimanche 19 octobre, le blutage venait de finir, nous comptâmes avec le Chef-Meunier les produits, et nous dressâmes ensemble le compte de mouture ci-dessus. Eh bien, le Chef-Meunier s'étant sans doute aperçu de la fraude par trop palpable, fit disparaître deux sacs de son de 40 kil. Le lundi matin, je comptai les sacs, il ne s'en trouvait plus que trente-un avec le cul de sac de 26 kil. Ce fait, Messieurs, je l'affirme sur l'honneur; je ne sais trop si le

Chef-Meunier oserait le nier. Si l'on me demandait comment j'explique cet excédant, je dirais qu'on a remis avec les 9,787 kil. 700 grammes de boulange une quantité donnée de marchandises aux bluteries qui n'appartenait pas à la mouture. Je vais maintenant vous faire connaître un autre fait : Les 13 et 14 octobre, avant de commencer notre première expérience, je voyais marqué sur la colonne en bois, à l'étage des meules près de la bascule, le chiffre 200, inscrit à la craie à côté du tableau sur lequel on inscrit la récapitulation du blutage ; je demandai aux ouvriers qui faisaient le service des bluteries ce que voulaient dire ces 200 à côté du tableau, et ils me répondirent que ces 200 représentaient autant de farines affleurées qu'ils avaient obtenues en plus que l'Ordonnance ne le prescrit depuis le 1$^{er}$ octobre, nous étions alors le 13 ou le 14, et ils attribuaient ce résultat aux meules Aérateur.

Cette déclaration me confirma ce que le Chef-Meunier lui-même m'avait dit et fait voir sur ses bulletins de mouture de fin septembre, où il se trouvait un excédant de 2 quintaux 6 kilos, qu'il attribuait aux résultats de l'*Aérateur ;* et en ce qui concerne l'excédant de 41 kil. 300 grammes, je suis sûr qu'une partie des 200 kil. y est entrée, et que le restant aura trouvé place dans la mouture du 2$^e$ 400 sacs, qui fait l'objet de cet examen.

Au surplus, comment M. le Chef-Meunier expliquerait-il, pour ce qui concerne notre 2$^e$ expérience, qu'avec la même quantité de blé (à 2 kilos près) il puisse obtenir et plus de farine affleurée et plus de son à la fois? lui qui a prétendu que les sons de ma 2$^e$ expérience étaient trop altérés, et qu'il en était passé une grande partie dans les farines ; que c'était à cette seule et unique raison qu'il fallait attribuer l'augmentation de mes produits farineux. Que ce Chef m'explique donc comment, avec la même quantité de blés, il a fait pour obtenir et plus de farine affleurée et plus de son, lui qui soutient, avec raison, que je n'avais pu augmenter les produits des farines qu'en diminuant le produit des sons ; non pas en les brisant et en les rougissant, comme il a eu la bonté de le dire, mais en les nettoyant mieux que lors de ma première mouture, en en extrayant toutes les parties farineuses.

Il ne pourrait pas en dire autant des 9,787.700 pour lesquels je l'accuse, car ce jour-là même, dimanche 19 octobre, j'ai pesé ses sons avec un double décalitre que j'ai fait chercher chez M. Émile Bouchotte, et ils étaient aussi pesants que les miens. Et puis encore, que signifient ces fraudes de sa part? Veut-il par là établir qu'il peut faire, sans mon système, ce que je puis obtenir en l'employant? Il ne se rappelle donc pas ce qu'il m'a écrit le 21 août dernier (1), écrit qu'il prétend avoir communiqué à ses supérieurs. Du reste, que m'a-t-il dit lors de mon arrivée? que, d'après l'Ordonnance, il devait produire 84.50 p. 100 en farine affleurée, et qu'avec des blés inférieurs comme ceux qu'on lui donnait c'était bien difficile, mais qu'il le fallait, que ses supérieurs l'exigeaient, et que, quand il ne l'obtenait pas du premier jet, il devait faire en sorte de l'atteindre du second, en remoulant les sons! C'est cependant lui-même qui cherche à anéantir aujourd'hui par la fraude les résultats d'un système dont il a la plus profonde conviction de supériorité. Où donc est sa loyauté? En supposant même qu'aujourd'hui il puisse obtenir des résultats équivalents aux miens, ne les devrait-il pas au traitement que j'ai fait faire à ses meules, traitement qu'il a cherché à suivre depuis?

Serait-il par hasard assez vaniteux pour s'attribuer le mérite de ces résultats? Qu'il veuille se souvenir de la triste position dans laquelle j'ai trouvé ses meules, et ce souvenir lui rappellera que les intérêts de l'État n'étaient pas dans des mains trop expérimentées! Il est un fait incontestable, c'est que, par la seconde mouture O, les résultats que l'on a obtenus sont contraires à la loi naturelle du travail, car l'on a fait plus d'ouvrage en moins de temps, et, pour arriver à

(1) Voir cette lettre aux pièces ci-après.

l'expédition de la mouture, il a fallu donner plus de vitesse aux meules, leur donner plus de blés, et leur donner une plus forte pression; l'on a donc provoqué nécessairement une plus haute élévation de température et augmenté conséquemment le déchet des meules, tout en altérant la qualité des farines; prétendre le contraire serait absurde. Attendez la panification des produits obtenus de cette manière, ce sera une preuve irréfragable de ce que j'avance.

J'arrive maintenant à l'opération du thermomètre. La chaleur produite par les meules Aérateur est envoyée, par l'effet des entonnoirs, dans les sacs récepteurs des farines placés à l'anche; cette chaleur est nécessaire jusqu'au degré de dilatation du blé. Parmentier le porte à 15° centigrades au-dessus de l'air ambiant. Donc, pour connaître le degré il faut d'abord avoir celui de l'air ambiant, ensuite placer le thermomètre dans l'anche en haut, à la sortie de la farine d'entre les meules, et l'y laisser 15 ou 20 minutes, en le retirant, voir à quel degré il est monté, et la différence démontre l'élévation de température entre les meules.

Dans les meules sans Aérateur, le thermomètre devait être placé à trois endroits différents, parce que l'air chaud pouvait s'échapper par trois endroits distincts : 1° Par l'anche en bas; 2° par le trou pratiqué dans l'anche en haut près du plancher; et 3° par l'ouverture de l'archure à l'étage des meules désignées sous le nom d'œillard.

Les deux derniers jours qu'a duré la mouture sans *Aérateur*, j'ai été, accompagné du Chef-Meunier, de 6 heures en 6 heures, placer le thermomètre à ces trois endroits. Lors du dernier examen le 8 novembre, à 6 heures du matin, j'ai trouvé que l'une des meules avait 63° de chaleur et l'autre 58° au-dessus de l'air ambiant.

M. Gley conteste ma manière d'opérer, en prenant les différences dans ces trois endroits et en les réunissant pour en faire un seul total, parce que, dit-il, la chaleur trouvée dans le trou de l'anche en haut près du plancher est la même à peu-près que celle trouvée dans le bas de l'anche, à l'entrée du sac. Ce raisonnement me paraît erroné; la chaleur tend toujours, et dans tous les cas possibles, à remonter, vers ce trou près du plancher, qui est le premier près du foyer, devant lequel la chaleur est précipitée à sa sortie des meules, par l'effet et l'impulsion que la rotation de la meule courante lui imprime; il est tout naturel d'admettre qu'elle ne demande pas mieux que de se sauver, et qu'elle s'empresse de saisir la première occasion qu'elle rencontre. Cette première occasion, c'est le trou près du foyer de la chaleur. La chaleur trouvée au sac en bas de l'anche est celle qui n'a pas pu se détacher de la farine dans l'espace qu'elle a parcouru depuis les meules jusqu'au sac, et enfin la chaleur trouvée dans l'œillard est celle qui a été lancée contre les parois des archures et qui, trouvant un vide entre l'archure et la meule, s'y est acculée pour chercher à sortir par l'ouverture de l'archure; la meilleure preuve à invoquer pour démontrer ces faits, c'est la vapeur condensée dans les archures, et au plancher au-dessus du trou en question.

Maintenant que M. Gley me permette une question : Pourquoi, si ces ouvertures n'avaient été utiles, les aurait-on faites? Pourquoi M. Gley lui-même a-t-il tenu de s'en servir ? Là, quelle utilité autre peuvent elles avoir, si ce n'est de donner une issue à l'air chaud, qui en remontant dans les archures gênerait le travail des meules, et qu'en arrivant en plus grande quantité dans le sac, saturerait les farines d'humidité qui gênerait le blutage et donnerait aux farines une prédisposition plus forte à la fermentation !

En raison de ces faits, je soutiens donc qu'en prenant le degré de chaleur dans ces trois endroits et en les réunissant, j'ai bien opéré; car, j'ai la conviction que si le trou près du plancher n'avait point existé, la chaleur trouvée à cet endroit se serait répartie entre les ouvertures du bas et celle au haut de l'archure, et, contrairement à l'opinion de M. Gley, je soutiens que plus d'issues il y aurait par lesquelles l'air chaud pourrait s'échapper, moins grande serait la chaleur trouvée à chacune de ces issues. Or, j'en ai constaté 63° à la meule n° 3, et si ce degré avait été pris en six endroits au lieu de trois et d'après le raisonnement de M. Gley, j'en aurais trouvé 126.

Cette opération du thermomètre eût été peut-être plus concluante, si on s'était servi pour les deux expériences des mêmes meules, et c'est ce que j'eus l'honneur de demander à M. le Sous-Intendant Defaultrier par ma lettre en date du 30 octobre dernier. Je ne vous retracerai pas ici le contenu de cette lettre, M. le Président sera assez bon, j'en suis certain, pour vous la communiquer ; en terminant je dois vous dire en peu de mots le résultat de la panification qui a été faite avec les farines provenant de nos premières expériences.

Les farines Aérateur, quoiqu'ayant été trouvées d'un travail plus facile au pétrin que les autres farines, n'ont pas cependant rendu autant qu'elles sont susceptibles de rendre, et la cause à mon avis est celle-ci : Vos chefs-levains ne sont ni assez forts ni assez vieux, et conséquemment ces levains sont trop faibles ; les farines Aérateur ont beaucoup de corps et de force, et, en raison de ces deux qualités, exigent des levains plus forts. Par l'intermédiaire de M. Gley, j'avais fait demander à M. le Président qu'il en fût remis quatre sacs à M. Pierné, un des membres de votre commission ; ces quatre sacs auraient été pris dans les farines des deux dernières expériences, sans lui faire connaître quels étaient les sacs appartenant à l'une ou l'autre mouture. M. Pierné aurait fait panifier ces farines, avec toute l'intelligence et les connaissances que nous lui connaissons, et, nul doute, il nous eût produit des résultats positifs et consciencieux qui nous eussent édifiés sur la qualité de ces farines. L'honorable président n'a pas cru utile de se rendre à mes désirs ; cependant j'aimais à croire, je crois encore que, lorsqu'il s'agit d'une amélioration qui touche aux intérêts du Trésor et au bien-être du soldat, l'on ne peut pousser trop loin les recherches et les expériences.

Pour ce qui est du refus du pain qui a été fait les jours derniers à la manutention, n'allez pas croire, Messieurs, qu'il doive être imputé à l'état de la mouture d'aucune des farines qui ont servi aux expériences, car celles de nos deux premières opérations sont toutes deux bonnes. Ne croyez pas non plus que c'est à l'état de fraîcheur des farines nouvellement faites que vous devez attribuer ce goût sur qui a été trouvé au pain; ce goût est dû à la mauvaise qualité des blés employés à la mouture, qualité que nul homme sensé ne voudrait défendre, eu égard à ces millions de vers et de charançons qui infectent aujourd'hui les blés dans les magasins de l'État; j'ai même été très étonné que ce fût avec de pareils blés qu'on fit faire les expériences.

Messieurs, il est nécessaire que je ramène de nouveau votre attention sur les chiffres comparés de nos expériences. En ce qui concerne notre deuxième expérience, je crois vous avoir démontré, de la manière la plus claire, qu'il y avait eu fraude intentionnelle de la part du Chef-Meunier ou ayant-cause. Eh bien, Messieurs, j'insiste sur ce point, et si même, par un moyen adroit, on pouvait éclipser le contrôle de la mouture brute et cacher momentanément les apparences réelles de l'excédant des 160 kil. 450 grammes ( moins la différence pour les poids des sacs entre eux ), on n'aurait pas encore prouvé que la fraude n'existe pas; car alors, et dans ce cas, je demanderais que l'on m'expliquât comment on a pu, avec les mêmes quantités de blé, obtenir et plus de farines affleurées, et plus de son à la fois; au besoin, je demandrai même, soit à votre commission, soit à M. le Ministre de la Guerre, qu'il soit nommé un jury d'hommes compétents dans la matière pour juger cette question.

Dans l'espoir, Messieurs, que vous voudrez bien m'envoyer le double de votre procès-verbal, j'ai l'honneur, etc.

Metz, 18 novembre 1851.

(*Signé*) HANON-VALCKE.

## N° 6.

Metz, 19 novembre 1851.

Subsistances militaires; vivres; n° 2605.

Monsieur,

Les résultats des deux expériences de mouture faites au moulin de la Basse-Seille étant en partie contestés par vous, il m'a paru indispensable d'en opérer une troisième.

Cette expérience pourrait porter sur 400 sacs dont 200 moulus par une paire de meules, pourvue de votre appareil, et 200 par une paire non munie de l'Aérateur.

Toutes les précautions possibles seront prises et concertées pour assurer, de la manière la plus irréfragable, la sincérité et la parfaite exactitude des résultats.

On pourrait commencer la mouture après-demain vendredi; la journée de demain serait employée au rhabillage, à l'évacuation du moulin et à la reconnaissance du blé.

J'ai l'honneur de vous inviter, et au besoin je vous en fais la mise en demeure, à assister à cette nouvelle expérience.

Je vous prie de m'accuser réception de la présente.

Recevez, Monsieur, l'assurance de ma considération très distinguée.

Le Sous-Intendant militaire.

(Signé) E. de Faultrier.

P. S. Je profite de cette occasion pour vous accuser réception de l'exposé que vous m'avez adressé ce matin, et du tableau autographié qui y était joint.

Le Sous-Intendant militaire.

(Signé) E. de Faultrier

N° 7.

Metz, le 20 octobre 1851.

*A M. le Sous-Intendant.*

Monsieur ,

Je viens répondre à votre honorée lettre d'hier que vous m'avez remise en mains propres dans votre bureau. Vous m'y proposez une nouvelle expérience, parce que, dites-vous, je conteste une partie des résultats obtenus dans nos précédentes expériences.

Je ne conteste absolument rien des résultats de notre première expérience ; seulement j'ai accepté avec empressement d'en faire une seconde, parce que, conformément à ce que j'ai eu l'honneur de vous écrire le 30 octobre dernier, cette première expérience ne m'avait pas donné toute la hauteur des bons résultats que j'en attendais, et ceux obtenus dans ma seconde ont prouvé que je ne m'étais point trompé. Quant à notre deuxième expérience, je fais plus que contester les résultats que votre Chef-Meunier a obtenus, je les nie ; car pour moi ils ne sont pas possibles, et vous en avez tous les motifs déduits dans l'exposé des faits que j'ai eu l'honneur de vous remettre.

Pour ce qui concerne l'invitation, ou plutôt la sommation que vous me faites, je ne puis l'accepter qu'à certaines conditions, car vous devez comprendre que je ne veux pas m'exposer, et à perdre mon temps et à dépenser mon argent sans résultats définitifs ; et avant d'établir les conditions auxquelles je recommencerais, j'ai besoin de savoir si vous stipulez en votre nom personnel, ou bien si vous stipulez au nom et pour compte du Gouvernement, c'est ce que vous avez oublié de me faire connaître par votre lettre. En supposant que ce soit (*et c'est le plus probable*) pour le compte du Gouvernement, voici ma réponse : avant de commencer de nouvelles expériences, pour lesquelles toutefois je ne vous reconnais pas le droit de me sommer, je veux attendre que M. le Ministre de la Guerre ait statué sur les résultats obtenus et sur les pièces et procès-verbaux auxquels ces résultats ont donné lieu ; si c'est en votre nom personnel et sous votre responsabilité privée, voici quelles seraient mes conditions :

1° Nous emploierions les mêmes meules et le même moteur, et vous commenceriez le premier.

2° Nous prendrions identiquement les mêmes qualités de blés en nature, pesés avant d'en opérer le nettoyage, réglés ensuite à 101 kilos ; les sacs emplis devant nous seraient ensuite plombés et cachetés à notre marque dans les magasins à blés, pour être conduits après au moulin et y vérifiés seulement au poids réglé, nettoyés ensuite en même temps que la mouture se ferait, pour les criblures, gruaux vermoulus et la poussière être déduits, avec la tare pour la toile des sacs, du poids brut, ainsi que nous l'avons fait dans nos précédentes expériences.

3° Votre Chef-Meunier, ainsi que les aides que je vous désignerai, seraient éloignés du moulin pendant tout le temps que durerait mon expérience, dont le travail serait fait par des ouvriers de mon choix.

4° Toutes les portes et fenêtres du moulin seraient fermées et cachetées, à l'exception de la porte nécessaire au service, en ce qui concerne seulement le personnel ; car les marchandises une fois entrées ne sortiraient qu'après que tout le travail en serait entièrement terminé et les produits reconnus par nous.

5° Devant la porte du service dont il vient d'être parlé, il serait placé un factionnaire, qui serait relevé de deux en deux heures et qui ne laisserait rien sortir ni entrer au moulin, pas même les personnes qui ne seraient pas munies d'un permis signé par nous.

6° Pendant vos expériences je pourrais employer autant de personnes qu'il me conviendrait à la surveillance de vos opérations, et vous pourriez en faire autant quand il s'agira de moi, mais sans que vous puissiez choisir parmi les personnes attachées aujourd'hui à votre moulin et que j'en aurais exclues pour mes expériences.

7° Aussitôt les deux moutures terminées, l'on ferait panifier des farines des deux expériences, partie à la manutention et confiée aux ouvriers que j'ai pu remarquer à la boulangerie militaire, qui sont les plus propres à faire des essais de cette nature, et 4 ou 6 sacs seraient confiés au syndicat de la boulangerie de Metz; mais à ces derniers nous ne ferions pas connaître quelles sont les farines qui proviennent ni de l'une ou l'autre expérience; le nombre de sacs destinés à la panification serait choisi par une personne étrangère à nos opérations et au service, sans lui faire connaître non plus les farines sans ou avec Aérateur. Ainsi, quand il s'agirait de mes farines, vous feriez désigner les sacs par une personne que vous commettriez à cette fin et sans qu'elle puisse les ouvrir. Quand il s'agirait des vôtres, je commettrais également quelqu'un qui désignerait les sacs qui devraient être employés, et comme pour vous, sans les ouvrir;

8° Les résultats tant de panification que de mouture seraient dressés en double pour chacun un, signé par nous.

Telles sont, Monsieur, les conditions auxquelles je consentirais à recommencer une nouvelle expérience, avec la condition expresse que, si les résultats les plus avantageux sont pour mon système, vous me rembourseriez tous les frais généraux que cette nouvelle expérience m'aurait coûtés, et que nous pourrions déterminer d'avance si vous le désiriez. Si, au contraire, je n'obtiens pas les résultats les plus avantageux, et si vous stipulez en votre nom personnel, je vous payerai de suite la même somme que nous aurions fixée pour moi, afin de vous indemniser aussi des frais que cette nouvelle expérience vous aurait occasionnés. Et s'il vous convenait de mettre un enjeu plus intéressé que celui subordonné aux dépenses occasionnées par les expériences, vous me trouveriez encore à votre entière disposition, et je vous laisserais le soin d'en fixer vous-même le montant; et comme je suis sûr

de gagner, je déclare d'avance que ce montant serait immédiatement versé dans une caisse de bienfaisance pour être
distribué aux pauvres de la ville de Metz. En finissant, je
dois aussi vous dire que, n'importe pour quel compte se
fassent les expériences, elles ne pourraient avoir lieu que sous
quinze jours ou trois semaines; car j'ai des affaires ailleurs à
soigner qui ne me permettront pas d'être libre avant ce
temps.

J'ai, etc., etc.

(*Signé*) Hanon-Valcke.

COMPTE DE MOUTURE du mois de sept. 1851 au moulin de la manutention militaire, à Metz (Moselle), par le système ordinaire de mouture.

| | | | |
|---|---|---|---|
| Blés mis à la mouture, poids net de tare, kil. | | 165339 | |
| A déduire le déchet du nettoyage, | | | |
| Criblure n° 1. . . . . . . . . . . 300 » | | | |
| »        » 2. . . . . . . . . . 218 | | | |
| Balayures. . . . . . . . . . . 24 } 1506 | | | |
| Poussière. . . . . . . . . . 439 | | | |
| Gruaux vermoulus. . . . . . . 525 | | | |
| Poids net du blé mis à la mouture. . . . . . | | 163833 . . . 163833 | |
| Produit en boulange, poids net.. 161724 | | | |
| Déchet des meules. . . . . . 2109 | | | |
| Poids égal à celui mis à la mouture. . . . . . . . . . . . . . . . 163833 | | 163833 | |
| **BLUTAGE.** | | | |
| Poids net de boulange mis aux bluteries. . | . . . . . . 161724 | | |
| Produit en farine affleurée. . . . . . . . . | 136863 | | |
| »        fleurage n° 1. . . . . . . · . . . | 800 | | |
| »          »      » 2. . . . . . . . . . | 496 | | |
| »        sons divers. . . . . . . . . . | 23173 | | |
| Déchet du blutage . . . . . . . . . . . . | 392 | | |
| Poids égal à celui mis aux bluteries . . . . | 161724 | | |
| Le déchet des meules étant de.. 1,30 p. 100 | | | |
| »          bluteries . . . . . 0,28 | | | |
| Le déchet total de la mouture est donc de. . . . . . . . . . . . 1,58 p. 100 | | | |

On a moulu 163833 kilog. en 30 jours avec 4 paires de meules ; je vais en retrancher une et dire que le travail s'est fait avec trois, et je trouve que chaque paire de meule a moulu 18 quintaux 20 kilog. par 24 heures, ou bien 75 5/6 à l'heure.

L'Ordonnance prescrit qu'il faut tirer 84,50 p. 100 de farine affleurée du poids net de la boulange. Or, le poids net étant de 161724 à 84,50 p. 100 égal 136657, on a obtenu 136863 kilog. ; il y a donc 206 kilog. en plus, que le Chef-Meunier a dû attribuer aux résultats de l'Aréateur qui fonctionnait seulement depuis 8 jours sur une paire de meules — Si 163833 de blés poids ont donné 136863 de farine affleurée, combien 100 ? — Réponse 83,55 p. 100. — En prenant le p. 100 sur la boulange poids net, on a eu 2 quintaux 6 kilos en plus que l'Ordonnance ne prescrit.

# COMPTE DE MOUTURE, 1ʳᵉ EXPÉRIENCE O.

## SANS AÉRATEUR.

| | | | | |
|---|---|---|---|---|
| Quantité de blés, poids brut, mis à la mouture ; 400 sacs réglés à 101 kilog. au poids naturel de 71 kil. 8 hectog. avant nettoyage et 73 1/2 kilog. après le nettoyage. . . . . . . . . . . . . . | 40400 | | | |
| A déduire : criblures n° 1. . . . . . 61.500 | | | | |
| »  »  » 2. . . . . 47.975 | | | | |
| »  gruaux vermoulus . . . 58.425 | 629 | 275 | | |
| »  poussière. . . . . . . 62.875 | | | | |
| »  tare de 400 toiles. . . . 398.500 | | | | |
| Poids net du blé mis à la mouture kilog. . . . | 39770 | 725 | 39770 | 725 |
| Produit en boulange, poids net, kilog. . . . . | 39132 | 700 | | |
| Déchet des meules.                »  . . . . . | 638 | 025 | | |
| Poids égal à celui mis à la mouture, kilog. . . | 39770 | 725 | | |
| **BLUTAGE.** | | | | |
| Poids net de la boulange mise aux bluteries, kilog. . . . . . . . . . . . . . . . . . . . | . . . . | . . . . | 39132 | 700 |
| **PRODUIT.** | | | | |
| 332 sacs 43 kilog. de farine affleurée, kilog. . | 33243 | | | |
| 4      »        fleurage n° 1. . . . . | 170 | | | |
| 4      »            »   » 2. . . . . . | 106 | | | |
| 134      »        sons divers. . . . . . . | 5301 | | | |
| »      »        boulange non blutée. . . | 36 | | | |
| Déchet du blutage . . . . . . . . . . . . . | 276 | 700 | | |
| Poids égal à celui mis aux bluteries. . . . . . | 39132 | 700 | | |

Cette mouture a duré 6 jours 21 heures 25 minutes. Chaque paire de meules a moulu 119 1/2 kilog. à l'heure.

## COMPTE DE MOUTURE , 1ʳᵉ EXPÉRIENCE A.

### AVEC AÉRATEUR.

| | | | | |
|---|---|---|---|---|
| Quantité de blés, poids net, mis à la mouture ; 400 sacs réglés à 101 kilog. au poids naturel de 71 kilog. 8 hectog. avant nettoyage et 73 kilog. après le nettoyage. . . . . . . . . . . . . . . . | 40400 | | | |
| A déduire : criblures nº 1 . . . . . . 59.375 | | | | |
| » » 2 . . . . . . 53.675 | | | | |
| » gruaux vermoulus. . . . 60.050 | 635 | 775 | | |
| » poussières . . . . . . 64.675 | | | | |
| » tare de 400 toiles !. . . 398.000 | | | | |
| Poids net du blé mis à la mouture, kilog. . . | 39764 | 225 | 39764 | 225 |
| Produit en boulange, poids net, kilog . . . . | 39567 | 500 | | |
| Déchet des meules. . . . . . . . . . . . . . | 196 | 725 | | |
| Poids égal à celui mis à la mouture, kilog. . . | 39764 | 225 | | |
| BLUTAGE. | | | | |
| Poids net de la boulange mise aux bluteries, kilog. . . . . . . . . . . . . . . . . . . . . . . . . | | | 39567 | 500 |
| PRODUIT. | | | | |
| 333 sacs 33 1/4 kilog. de farine afleurée, kilog. | 33333 | 250 | | |
| 4 » de fleurage nº 1 . . . . | 177 | | | |
| 4 » » » 2 . . . . | 109 | | | |
| 141 » de sons divers. . . . . | 5592 | | | |
| Déchet du blutage . . . . . . . . . . . . . . | 356 | 250 | | |
| Poids égal à celui mis aux bluteries, kilog. . | 39567 | 500 | | |
| Cette mouture a duré 6 jours 13 heures 25 minutes. Chaque paire de meules a moulu 125 1/2 kilog. à l'heure. | | | | |

# COMPTE DE MOUTURE, 2ᵉ EXPÉRIENCE O.

## SANS AÉRATEUR.

---

| | | | | |
|---|---|---|---|---|
| Quantité de blés, poids brut, mis à la mouture; 400 sacs réglés à 101 kil . . . . . . . . . . . | 40400 | | | |
| A déduire : criblure n° 1 . . . . . 57 | | | | |
| » » 2. . . . . . 49.250 | | | | |
| » gruaux vermoulus. . . . 78.500 | 726 | 950 | | |
| » poussières . . . . . . . 72.500 | | | | |
| Blés manquant dans les sacs vérifiés. 37.200 | | | | |
| Tare de 400 toiles . . . . . . . . 437.500 | | | | |
| Poids net du blé mis à la mouture, kil. . . . . | 39673 | 050 | 39673 | 050 |
| Produit en boulange, poids brut, kil. . . . | 39833 | 500 | | |
| Déchet des meules zéro, excédant sur la mise en mouture.. . . . , . . . . . . . . . . . | | | 160 | 450 |
| Poids égal à celui retiré des meules, kil. . | | | 39833 | 500 |

### BLUTAGE.

| | | | | |
|---|---|---|---|---|
| Poids brut de la boulange mise aux bluteries, kil. . . . . . . . . . . . . . . . . . . . . . | | | 39833 | 500 |

### PRODUIT.

| | | | |
|---|---|---|---|
| 336 sacs, 24 kil. de farines affleurée. Kil. : | 33624 | 900 | |
| 4 » fleurage n° 1 . » | 276 | 570 | |
| 4 » fleurage n° 2. . » | 155 | 160 | |
| 133 » sons. . . . . » | 5163 | 345 | |
| Déchet . . . . . . . . . . . . . . . . . | 613 | 525 | |
| Poids égal à celui mis aux bluteries.. kil. : | 39833 | 500 | |

Cette mouture a duré 4 jours 16 heures. Chaque paire de meules a moulu 177 kil. à l'heure.

## COMPTE DE MOUTURE, 2e EXPÉRIENCE A.

### AVEC L'AÉRATEUR.

| | | | | |
|---|---|---|---|---|
| Quantité de blés, poids brut, mis à la mouture ; 400 sacs réglés à 101 kil. | 40400 | | | |
| A déduire : criblure, nº 1. . . . . 60.400<br>» » 2. . . . . 65.200<br>» gruaux vermoulus.. . . 77.500<br>» poussières . . . . . . 68.500<br>Blés manquant dans les sacs vérifiés. 35. »<br>Tare de 400 toiles . . . . . . . . . 421.875 | 724 | 175 | | |
| Poids égal à celui mis à la mouture, kil. . | 39675 | 825 | 39675 | 825 |
| Produit en boulange, poids brut, kil. . . . | 39481 | » | | |
| Déchet des meules . . . . . . . . . . . | 194 | 825 | | |
| Poids égal à celui mis à la mouture, kil.. . . | 39675 | 825 | | |
| BLUTAGE. | | | | |
| Poids brut de la boulange mise aux bluteries, kil. . . . . . . . . . . . . . . . . . . | | | 39481 | |
| PRODUIT. | | | | |
| 335 sacs 74 kil. de farines affleurée. . . . . . | 33574 | 090 | | |
| 6 » fleurage, nº 1. . . . . . . | 281 | 100 | | |
| 3 » » 2. . . . . . . | 167 | 140 | | |
| 124 » sons. . . . . . . . . . . | 4812 | 575 | | |
| Déchet . . . . . . . . . . . . . . . . | 646 | 095 | | |
| Poids égal à celui mis aux bluteries, kil. . . | 39481 | » | | |

Cette mouture a duré 5 jours 6 heures 39 minutes. Chaque paire de meules a moulu 150 kil. à l'heure.

# BOULANGERIE MILITAIRE DE METZ (MOSELLE).

*Résultats de panification obtenus des farines ordinaires, du 31 octobre au 10 novembre 1851 inclus.*

| DATE. | Quantité de farine employée. | Rations de pain fabriquées au poids de la pâte. | Rendement par quintal de farine, poids net. | OBSERVATIONS. |
|---|---|---|---|---|
| 31 octob^e | 22.38 | 4180 | 186.77 | Dans l'intervalle des expériences de panification, j'ai remarqué que les farines ordinaires étaient dans de bien meilleures conditions que celles employées depuis près de deux mois, que le travail en était plus satisfaisant malgré leur jeunesse, et qu'après un certain séjour en magasin leurs résultats dans la fabrication seraient bien différents à ceux obtenus pendant ces jours. |
| 1 nov^e | 12.57 | 2284 | 181.70 | |
| 2 » | 12.31 | 2274 | 184.72 | |
| 3 » | 12.35 | 2292 | 185.58 | |
| 4 » | 16.34 | 3030 | 185.43 | |
| 5 » | 16.41 | 3046 | 185.61 | Cette amélioration ne provient pas cependant d'une qualité supérieure de blés comme on pourrait d'abord le présumer, puisque c'est le même; au contraire, les farines qui ont fait l'objet des expériences ci-contre proviennent de blés complétement attaqués par les rongeurs, lorsqu'ils ne commençaient qu'à se montrer lors des moutures de celles en magasin à l'époque précitée, c'est-à-dire celles employées depuis près de deux mois. Ce fait me paraît ne devoir provenir que d'un plus grand soin apporté dans cette mouture. |
| 6 » | 18.37 | 3414 | 185.84 | |
| 7 » | 16.54 | 3070 | 185.61 | |
| 8 » | 20.58 | 3802 | 184.72 | |
| 9 » | 14.43 | 2664 | 184.61 | |
| 10 » | 16.36 | 3040 | 185.81 | |
| | 178.64 | 33096 | 185.26.6  Moyenne. | Je crois devoir ajouter, sans crainte de préjugé, que ces farines seront d'une conservation bien plus facile et ne nécessiteront même pas autant de manœuvre de conservation. |

*Rapport dressé par le Maître-Boulanger.*

11.

## BOULANGERIE MILITAIRE DE METZ (MOSELLE).

*Résultats de panification des farines du système Aérateur du 31 octobre au 10 novembre 1851 inclus.*

| DATE. | Quantité de farine employée. | Rations de pain fabriquées au poids de la pâte. | Rende-ment par quintal de farine poids net. | OBSERVATIONS. |
|---|---|---|---|---|
| 31 octob.ᵉ | 22.51 | 4202 | 186.67 | Malgré l'amélioration apportée dans les farines ordinaires, je dois conclure que celle provenant du système Aéra-teur l'emporte sur tous les rapports, à l'exception du rendement qui est à peu de chose près le même ; mais cepen-dant, si les expériences avaient été fai-tes de part et d'autre par les mêmes ouvriers tout le temps de leur durée, il est de toute évidence que les résul-tats auraient été également bien plus favorables sous ce rapport comme sous tous les autres ; pour la teinte et la facilité du travail, la différence a été assez sensible pour ne pas la taire. Ces farines (Aérateur) ont rendu et ren-dront toujours une fabrication plus fine, un pain plus léger et plus savoureux que les farines ordinaires ; ce pain sera tou-jours plus développé et plus spongieux, parce que dans son emploi la farine a plus de corps, ce qui permet de don-ner un autre point d'apprêt qu'aux fa-rines ordinaires ; mais ces résultats ne peuvent pas s'obtenir régulièrement en opérant chaque jour un changement d'ouvriers et surtout d'ouvriers qui ne travaillent que tous les trois ou quatre jours, car alors ces hommes ne con-naissent pas la marche du travail de la veille, afin de bien conduire celui du jour ; de là vient quelquefois un léger principe d'irrégularité dans la fabri-cation. |
| 1 nov.ᵉ | 12.46 | 2280 | 182.98 | |
| 2 ″ | 12.32 | 2276 | 184.74 | |
| 3 ″ | 12.19 | 2262 | 185.56 | |
| 4 ″ | 16.50 | 3060 | 185.45 | |
| 5 ″ | 16.30 | 3032 | 186.01 | |
| 6 ″ | 18.50 | 3432 | 185.51 | |
| 7 ″ | 16.45 | 3062 | 186.14 | |
| 8 ″ | 20.30 | 3790 | 186.69 | |
| 9 ″ | 14.37 | 2652 | 184.55 | |
| 10 ″ | 16.15 | 3000 | 185.75 | |
| | 178.05 | 33048 | 185.61 Moyenne. | |

*Rapport dressé par le Maître-Bou-langer.*

238